U0932028

光的解剖學

陳苑珊

序

兩種解剖術

李日康　作家

《光的解剖學》的起手式略帶魔幻味道，描述我們的安居之城（也許並不是，但的確是個與我們恰成鏡像的城），不知何時開始，市民併發大規模來歷不明的視力問題，甚或認知障礙。小說情節圍繞一所以「心清目明」為宗旨的另類治療中心，及其中「照片治療師」與病人展開。

照片治療師神通廣大，每每拍下戳中病人傷處、痛處、無奈處的影像，直擊患處。小說固然可視為疾病書寫（Disease-writing）之一種，以疾病為隱喻，拆解現代病態社會的扭曲離奇，例如第九章寫及參觀展覽，人人手忙腳亂，原來只為「打卡」，拍了當看了，其後在社交平台、公共言論空間大放厥詞，實質討論者亦不知其所以然。城市混濁，有眼無珠，小說何嘗不是「超執刀」，一邊切中癥要，一邊引接地氣。

除此之外，我更樂意把《光的解剖學》讀成後設小說。作者以光影沖曬為喻，藉小說論創作。小說不乏精彩思辯，時有妙論，往往話中有話，延伸至小說外，闡述了作者陳苑珊對真實虛構、作者主體、編輯介入、讀者張力等藝術創作命題的心得見解。小說剖釋光為何物，同時也是出版第四本小說的陳苑珊，現階段對創作的真誠剖白。

萬物始於光的指認

曹馭博　作家

讀陳苑珊《光的解剖學》不免想起José Saramago《盲目》（另譯：《失明漫遊記》），但比起寓言式的集體視濁，這本小說更多的是個人對感官世界的目明：「每幅照片皆是他遺下的一雙清目。」從眾生相之中，探索藝術與生存的價值，及以視覺文化在現當代的重要性與雙重性——是光線造就了視覺紋理，而我們藉由相機，成為光明的盜賊，儘管視覺又是如此的不可靠，但依舊得藉由外在的光（gewalt），去指認內在的光（lumière），如同一場啟蒙，不只是除魅，而是放開視野，迎來人性真正的光明。

光的解剖學

Anatomy of Light

一

黑茸茸的絨布簾垂垂地掩蔽那一張人頭湧湧的照片。照片寂默地滲出喧囂和嘶喊，涵徐徐撥開布簾，鬧聲頓變吵亮，他完全記起拍下照片時的現場。

邊境，無篷小型貨車，載人不載貨，能走私多少條命便走私多少條。多少條？婦女爭相上車，卻遭滿車的流氓連腿踢倒，懷中的哭嬰失卻承托，自由地於鏡頭的角落翻旋，半條命。

尾班車保證駛往樂土，坐穩。

一盞淡黃的射燈代替烈日，於照片的上方識辨車上車下的血肉。涵那時於鏡頭後，現則在照片前，抵着空調的冷鋒。

他逐一檢察牆上的照片，共四幅，中型至大型，足夠迎接下午前來覆診的病人。每幅照片皆由他拍攝，因此每幅照片皆是他遺下的一雙清目，代表他為病人看症。只要你寬坦地傾聽照片的説話和叮嚀，自然藥到病除，心清目明。

來這認知障礙治療中心的人，到底患上甚麼病呢？難説。近年人們聲稱視力明顯地愈趨衰劣，焦點渙散、色彩混濁、遠近失序，甚至過目即忘或眼部肌肉疼痛，於是一窩蜂到眼鏡店驗眼。如果視光師驗出甚麼，當然馬上配製一副臨時測試眼鏡，讓客人看個究竟，弄個明白。可不管是那副臨時眼鏡，抑或從廠商訂製而成的專屬眼鏡，通通改善不了人們的視力問題。眼鏡店不成，到視光中心去吧！誰知視光中心也束手無策，只好把人們轉介至醫院的眼科。資深的眼科醫生嚇了一跳，明明大部分求診的人眼睛健康得很，頂多患有一般度數的近視、遠視或散光，為何他們偏口口聲聲辨錯顏色，又讀錯數字？連精準的矯視工具也幫不上忙，動手術的話又未免大費周章，長期無法矯正視力，日子始終痛苦。醫生絞盡腦汁，想來想去，「眼」這一字，除了名正言順地跟眼科有關外，也就只有認知障礙治療中心稍稍提及；中心的宗旨不是「心清目明，心濁目盲」嗎？趁這些邪異的人還未至盲，趕緊叫他們到那中心碰碰運氣！

病人到達認知障礙治療中心前，涵總是已經離開那冷得要命的中心，溜至街上去。這位首席攝影師兼照片治療師絕非失職，只是他早已把自己頂尖的本事存印在牆上的硬照裏，如果連照片也救不了病人，任他諸多說話，望聞問切，恐也愛莫能助，徒勞。

單肩皮帶聽從相機的重量，在右臂旁晃來晃去。掛個相機在身上便成為攝影師嗎？涵從不大願意自稱攝影師——甚麼照片治療師更使他尷尬。他只承認自己是一位敢於不懈地看世界的人；看得累，疲於眨眼，便借相機的快門眨一眨，且相機不會過目即忘，而是過目即記，快得連被攝的景貌也不自知。

天色不和藹，涵乾脆徘徊於治療中心附近，改天才赴僻遠的地方仔細探索。他的相機和眼睛早前已在這數條街道上，捕得相當不錯的照片，部分更常設在治療中心內，作為必備的治療材料。可他絲毫沒有看膩這一帶，這一帶甚至任何一個角落，都是世界的一部分，試問誰敢看輕這世界？誰了不起得能把世界看個透徹清楚？每當他按一次相機的快門，他欠世界的債便多了一分。為甚麼？他明白自己是一位偷光賊，隨意地、貪婪地和自私地從周遭竊取光線；人像、城市建築、大自然風貌、雜物、汽車……通通得靠光線現身示人，相機一朝它們對焦，範圍之內的束束光線便準備被抽擷進入快門，成為相機的囊中物。涵不斷地從世界偷光，把光凝定和封存，據為己有，有時候他倒真會疑惑，按下快門一刻，鏡頭前被偷光的對象可有瞬間變暗？也許於眼前偷去一襲光，世界上某個人的檯燈便會閃動一下，連極地上空的閃電，都要怪到涵那相機的頭上。

申冤！涵舉起相機，鼻尖頂着機背，右眼躲進晶瑩的小視窗，雙手固定機側，把鏡頭瞄向公園內那位剛從棋局中險勝的老伯。由小視窗望出去，老伯果然自豪得從石凳上躍起，揮舞拐杖指東指西，偏用不着叫拐杖指地，他握住的正是冠軍的權杖！

快門「咔嚓」一聲，恭賀棋王。

申冤！雖然涵偷光，可他的確付出了無可挽回的代價。不是嗎？明明我們的視線遼闊無比，可遠可近，偏偏每當眼前正要上演引人入勝得非拍不可的畫面時，涵總得立馬把頭顱逼至相機後，以小視窗緊緊地擋住右眼；一下子，他所能望見的範圍，全被縮納到小視窗的邊框中。換句話説，我們用肉眼看世界，但最該珍看的一刻，涵的肉眼永遠讓給鏡頭。他從小視窗裏看過很多，但真正貼在他眼前的，不過是那隻細得可憐的視窗。

以相機阻擋自己的臉，是涵跟世界最佳又最可惜的距離。

街道窄，樓宇高，涵很難覓見廣而遠的畫面。他愛畫面，愛把望見的一切假想成塞進小視窗的畫面，構圖如何？角度如何？四角四邊平行或傾斜？假想多了，練習多了，有時候一舉起相機便得心應手，彷彿眼前的畫面是故意遷就和討好小視窗而出現，不拍浪費。他如巡邏員般圍繞治療中心那區，慣性地掃視四面八方的動靜。即使熟悉環境，也不敢自滿和鬆懈，因為光線從不重複，曾經被拍下的光線不可能原原本本的復現，相機沒有借口偷懶。這種戒備心成為涵看世界時的負擔，遇上較為靜態的畫面，他尚可遲疑一會，蹉跎一會，慢慢調校焦點和廣度；一旦淚珠一掉，旗幟一揚，貓爪一伸，他能不戒備嗎？他不由得像獵人般快、狠、準，相機頓變獵槍，叫畫面束手就擒。

肉眼雖忙，可其他感官同樣不能掉以輕心。前方逐漸飄來縷縷酸惡的臭味，涵當然清楚一座深得不見盡頭的公眾垃圾收集站就在街角。誰甘願與如此倒胃的垃圾站為鄰？正是兩旁令人開胃的麻辣火鍋店和炭火串燒店。以毒攻毒，遇濃愈濃，且看哪方的氣味能壓倒羣敵，勾得途人鼻子的神經。氣味當然並非以光線為載體，可涵倒相信，照片能間接傳遞相關的氣味，即是攝影師除了把光拍下來，也讓鏡頭前的氣味一併滲進鏡頭裏，誕下色、香、味俱全的食物廣告照片。這類照片包攬多重效果，儘量呈現鏡頭前的實物，但你盯住照片，望梅而不能止渴，於是趕緊到快餐店的收銀處，指着那張令你垂涎三尺的漢堡包照片，巴不得立刻把當中的色、香、味全送進口中。結果你中計了，你漸漸無法判別，到底手中的漢堡包抑或照片中的漢堡包才是色、香、味俱全，才是真實呢？漢堡包本該是甚麼模樣？照片中的那個漢堡包存在嗎？在哪裏買得到？誰替那漢堡包拍照？你不甘心，乾脆也替手中的漢堡包拍一張照，甚至四張，好讓自己和別人端詳個夠，比較你的照片和那廣告照片。

你忘了吃那漢堡包。

你忘了吃過甚麼。

你得了漢堡包認知障礙。

垃圾站是一所停車場，停泊着十多部手推垃圾車。車身高及人的肩，方方正正，四個小輪，深綠色如軍車。日間負責「駕駛」這些垃圾車的總是一位較車身還矮的男人。他不年輕，可是憑藉全力前傾的身軀，枯糙的雙手伸及垃圾車的手柄一推再推，車陣勉強移形換影，變成他默默籌謀的拼圖。涵為他拍過一張照，即使垃圾站內的光線微弱。那時候，男人正被十多部垃圾車弄得團團轉，哪部空着，哪部半滿，哪部的一半該灌進另一部？他不得不作弊，逐一打開垃圾車的頂蓋偷瞄一眼。「砰砰砰」，合蓋的響聲於垃圾站內回彈，催誘涵步近，借串燒店前的招牌略略掩身，端出相機，一口氣把那堆垃圾車囊括至小視窗裏；男人在哪？等他恰巧被困在車陣的中央，快門便首肯，題為「四面楚歌」。

相機和涵功成身退，他不願男人承受額外的目光。

現在，涵瞥見男人正忙着從垃圾站推出垃圾車，每回一部，也許要運至鄰街的垃圾站或食店，視乎車內是空是滿。從男人的姿勢、步伐和表情，涵說不定車中物重多少，總之男人看起來時刻費勁，絲毫沒有喘息的餘閒。這是拍照的好時機，因為男人連人帶車撤出垃圾站，受盡日光的包覆，不論自身或影子皆鮮明可見，可見即可拍，拜託光線。

相機命涵等一會，好戲在後頭。男人嫌行人路窄，索性把垃圾車推出馬路，雄赳赳地霸佔一條行車線。四個小輪馬不停蹄地滾來滾去，「隆隆隆」宣示垃圾的尊嚴。男人既不看汽車，也不顧行人，只專注把全身力氣傳到垃圾車的手柄。他還要走多遠呢？涵來不及猜索，因為旁邊的行車線上，正疾急地駛來一輛非常罕見的螢光綠跑車，似要理所當然地超越男人的垃圾車，給他一點顏色。要跑了，跑車在跑，垃圾車在跑，涵更要跑，他得跑到遠處，連步跨出馬路，對！小視窗瞄準跑車和垃圾車並頭一刻，一車一行車線，對稱！小視窗省得繼續跟蹤跑車的英姿，因為它快要撞過來，涵當然挾着相機奔返行人路，光線隨行。

二

治療中心入口的玻璃門雖然寫上「自動門」，但它並非自動歡迎任何人進內。郭小姐懂規矩，早已從錢包裏掏出覆診卡，順序把六位數字的密碼輸入至門旁的保安鍵盤。「噠」，自動門向左右兩邊退開，一陣凌厲的寒流直撲她的臉龐。

覆診卡上沒有注明郭小姐患甚麼病，反正眼科醫生建議她來賞賞照片，吹吹冷風，她就照辦；況且假使她對某種東西產生認知障礙，自然無法識別和辨清那種東西，那她怎能確定地指出那東西是甚麼？她是對甚麼東西產生認知障礙？既然無法對症下藥，治療中心只好安排每位病人接受全部分科的療程，瞎猜也不無勝算。再者，倘若中心跟病人道明，他患的是某種認知障礙，例如是非或道德認知障礙，誰會願意承認自己是非不分、歪德叛道？為免麻煩，中心只以四個照片展覽房間分科，可每科到底代表甚麼，病人無謂知曉。

郭小姐重看覆診卡上的指示，「東區：三十分鐘；南區：三十分鐘」。她慶幸治療中心讓病人以單獨和自助的形式體驗療程，不然旁人定會把她這位認知障礙病人看成白痴。是白痴嗎？明明不過是她的眼睛偶爾望見一些疊影，東西看起來又時而淡色，時而濃色，暫無別的徵狀。

我們當然知道，東區展覽房間所屬的分科為是非或道德認知障礙，但我們千萬不可把分科名稱告知郭小姐，不然她便會抱持這分科的概念入內觀賞照片。如此先入為主的準備工夫屬大忌，既妨礙病人燃起對照片的領悟，也使照片淪為過於説教的材料。畢竟，涵的雙眸不等於也未必勝於他人的見解。

高跟鞋的續聲敲響東區的空氣，依然冷。郭小姐默默地提醒自己，別要過分在意眼睛的毛病，能看到甚麼便看甚麼。如果黑布簾後是正確的藥方，雙眼自然會好起來。四幅大小不一的黑布簾於明亮的房間裏微微顫抖，似要向冷風投降，或害羞地歡迎郭小姐。覆診卡和房間皆沒提示觀賞照片的次序或方向，郭小姐一般從右至左逛一圈，一圈後再怎樣逛也無所謂。她喜歡拉開布簾這個動作，像同時親手揭起自己和攝影師的眼簾，像閉目良久後醒過來，像疊影和色差從沒浮現在眼前。眼前是甚麼？人頭湧湧，你推我撞，一架肯定超載的無篷貨車，疊影使貨車看上去更擁擠。從那堆力竭聲嘶的容貌，郭小姐猜想他們爭取的大概不只是一個純然的座位，那座位應該能為他們帶來無比重要的東西。我可曾如此拼盡勁力爭取到達一處地方？我可曾赤手空拳地跟眾人角力，還牽連無知無能的嬰孩？郭小姐一邊被車上的蠻人七手八腳地扯進照片，一邊估量到底是哪裏逼得人奮力逃走，自保為上？那地方離我遠嗎？我能載他們一程嗎？郭小姐的雙臂不禁壓壓的抱在胸前，幸好衣服沒被撕得跟照片上的一樣破爛。

眨一眨眼，郭小姐打開牆上第二隻眼睛。那是一幅黑白照片，可郭小姐以為是自己的眼睛錯誤地把照片的顏色減退得只餘黑白，她沒有灰心。兩名壯漢眉粗鬚密，一起定睛望向遠方。排排子彈如鏈帶般從他們手上的步槍墜下，真真正正的金屬配飾。

子彈看起來整齊，跟二人一樣蓄勢待發，終會準確或胡亂地散落於肉身和泥土，化成生鏽的種子。與其說他們是步槍的主人，不如說他們全身正等候步槍的命令；瞄向哪個方向，射發多少子彈，察聽誰的舉動，二人從頭到腳皆受步槍支配和差遣，他們變成步槍的一部分，即武器和暴力。郭小姐十分驚異，她當然知道殺人是一種非常可怕的行為，但原來這麼全神貫注地準備殺人，對接下來殺人一事志在必得，居然已足以使人於一片肅靜中感到戰慄。她幾乎懷疑，這不過是一張劇照吧？還是武裝分子真的是這樣？還有甚麼非靠子彈解決不可的事情？誰能理直氣壯地開槍？這二人的背後還有槍指向他們嗎？照片原本的顏色是怎樣？郭小姐連續張合眼睛，壯漢仍舊黑白分明。

來到左邊，剩下十多分鐘。郭小姐的雙眼沒有感到刺痛或乾澀，只是當她撥開第三幕黑布簾時，不禁被照片嚇得退卻了數步。是照片本身嚇人還是她的視覺嚇人？又是黑白不說，連人羣的疊影也密集得如點點人臉圖章，蓋滿整幅照片。我們姑且相信郭小姐的眼睛，相信這是一張黑白照。多看兩眼，郭小姐漸漸鎮定下來，因為她似乎發現，照片好像平時報章或電視新聞偶爾發放的某類照片，對，成千上萬的民眾湧到大街或廣場，向鏡頭和上天舉示搶眼的標語紙牌；旗幟、布幅甚至大鑼大鼓全是應景的道具。他們跟那無篷貨車上的人不一樣，不是你爭我奪，而是共同進退，顯然屬同一大夥，朝同一方向和對象喊訴共同的語言。

奇怪，這麼多把聲音，這麼多句口號，偏偏郭小姐說不出如此偶爾出現卻無甚驚喜的新聞，到底講述甚麼故事。她對照片中的場面不感到新奇，世界上到處也有人對生活抱載不滿，要求他人做東做西，使自己的日子變得容易。聯羣結隊到街上呼風喚雨，發洩一場後便回家各安天命。誰能真正聽見這些呼喚？這些呼喚能帶來甚麼改變？還是只是一場枉費的戲？照片裏的人民不備武裝，僅憑聲線和步伐赤裸裸地凝聚身軀與身軀之間的力量，彷彿織成一張靈活又堅韌的繩網，守護彼此，擒拿眾矢之的。郭小姐覺得好熱鬧，但若果這只是一局自娛的派對，她倒嫌麻煩和辛累。

顏色恢復，使郭小姐再次質疑自己的眼睛，但這種質疑很快便衍生興奮，難怪她禁不住反覆掀合第四幅黑布簾，驗證那彩色照片絕非如曇花一現。不知為何，跟剛才的照片比較，郭小姐感覺這照片親切得多，也許是因為當中人物的打扮和場地較貼近她日常所見。一名身穿恤衫和西褲的男士在鏡頭前俯腰搬運一件物件，後方則看似是一列列展銷檔口，三五成羣的買家和賣家穿梭於其中。郭小姐告訴我們，這應該是一場展銷博覽會，以某項貨品為主題，召集各路相關和潛在的買賣夥伴，即場協成交易，或擴闊營商脈絡也不錯。郭小姐當然不覺得這是甚麼新鮮事，她好歹也當過兩年展銷策劃助理，整天整夜忙着招募檔主和監督場地布置，那時候眼睛未算太壞。她把壞的眼睛湊近照片前方的男人，他似乎力有未逮，地上那尊及膝的橢圓柱重得使他不得不小心翼翼，萬一搬運時損爛貨品，可得賠個夠。郭小姐仔細望望，那尊灰灰的柱體上，居然寫着「核能導彈——小心輕放」。原來那男人怕的不是賠個夠，是賠上性命！連郭小姐也彷彿快要碰到那柱體，立刻故裝冷靜，勿動，腦裏卻亂七八糟。這類「貨品」也能辦出個展銷會？後方那堆買家和賣家居然能如此明目張膽地磋商這類「貨品」的「交易」？「交易」的條件肯定不只是價錢和數量，那麼「單據」和「合約」還該列明甚麼？誰能勝任這展銷會的策劃助理？核能導彈原來可以這麼接近一個人，一個活人，而那男人看上去跟一般上班族沒差。對，他不過是在搬動一罐石油氣，或一桶蒸餾水，或一支欄杆。這些東西都可在展銷會看得到，但戰場需要遠比這等東西厲害的「商品」。如果郭小姐要為這照片作題，她即二話不說唸出「商場如戰場」。

三

除了入口的自動門，治療中心的旁側還有一道只供職員使用的木門。涵推開它，把相機擱在辦公桌上，打算先去一趟洗手間，才探望助手室裏的聶。

聶是涵唯一的助手，可他倒沒幫助過涵多少。治療中心冀望於照片治療以外，拓展專業的攝影教育，故公開招聘有志之士，成為涵的私人助手，名正言順跟大師學藝。中心收到逾千份申請表格，可說實話，涵連半個助手也不需要。他甚至清楚，許多時候是那助手需要他吧。中心催他選人，至少五位作初輪面試；他懶理，瞇眼之際瞄見一份表格上的申請人姓名為「聶景基」，就他吧！攝影機！只選他，其他人全不要。

「這兩天在外面有拍到甚麼嗎？」涵敲敲助手室的門，右肩慣性地痠痛。

「你叫我找一個主體目標來拍，我倒不大清楚自己想拍甚麼。一心打算爬上天台，試試高頂的視點，結果卻被天台上的天線吸引住。」聶於桌上攤開一堆照片，主角全是天線。「於是一共爬了十多幢大廈，把它們天台上的天線拍下來。」

「沒有升降機嗎？」涵隨意撥弄那堆照片，天線的支架指手畫腳，叉向凌亂的方向。

「一些舊樓沒有，偏偏那些舊樓上的天線最原始和簡陋，線條鮮明得像個符號，又像一個火柴人。」

「還像甚麼？」涵把數張照片左擺擺，右轉轉，連頭也側了少許。

「像我們相機的腳架，也似晾衣架。在古文明遺址出土的壁畫上，不也有類似這樣的符號和圖案嗎？一筆斜一筆豎的，可能代表人或魚骨。」

「那麼這堆照片中，哪張的天線像晾衣架？哪張像火柴人？你排列歸類一下。」

聶俯首審視桌上的照片，時而俐落地調換照片的位置，時而猶豫該把手上那張安置到哪裏，好像在玩一局卡牌遊戲，或是被卡牌玩弄。

「大概是這樣，其實從照片上看，頗難界定那天線像甚麼。照片跟我肉眼見到的有點不同。」聶摸摸下巴，一時驚覺照片上的主角連天線也不像。

「所以說，你沒有成功把你發現的天線的吸引之處，完整地呈現在照片上？明明在你的肉眼裏，天線的關聯對象這麼多，為何照片卻難以使你產生同樣的想法？」

「也許因為鏡頭較雙眼的視野狹窄？它只容許我於肉眼所看到的範圍內，選取一處定點對焦。於是，當我一把天線收進鏡頭時，周遭不少景物便被裁掉，使肉眼部分的觀感流失。」

「當你望進相機的小視窗時，發現這個問題嗎？你如何決定小視窗中哪樣的畫面，才會使你按下快門？」桌上的照片隨涵的指揮，漸漸拼成煥然一新的局面。

「小視窗實在太小了，我以為我拍下的，正是我希望從肉眼所見的範圍中捕捉出來的。反正肉眼和小視窗朝同一方向，總不會出現很大的偏差吧？」聶盯住那襲天線照片，忽然想衝上大廈的天台，重新觀察天線的構造和特徵。

「肉眼和鏡頭本來就是不大一樣的東西，即使某些基本和關鍵的物理相通，細節的結構、操作的限制和自動的調整都不盡相同，各帶優點和缺點，所以我們才會聽到別人說『這天色拍出來比肉眼看到的更漂亮！』，或是『這煙火還是用肉眼看才精彩，相機拍出來的差太遠了！』」

「那麼所謂『上鏡』的說法呢？真奇怪，有些人的五官和輪廓居然在照片上變突出了，明明照片是一張平面，真人的臉孔才是立體呢！想一想，『上鏡』這一詞，不是意味着鏡頭自有一個審美的標準？未達標準的就稱為『不上鏡』，超越標準的才算是『上鏡』。」聶暫時把天線拋諸腦後，只想起一羣來歷不明的女孩的臉。

「那些『真人比上鏡美麗』之類的話，真是愚笨至極。肉眼和鏡頭本來就不可能看到一模一樣的影像，這樣的比較根本沒有意義。如果你望見兩位女孩，覺得其中一位較另一位動人，那才是恰當的比較。至於『上不上鏡』，當中的標準並非來自相機，而是取決於攝影師和照片的目的，一般不外乎商業的考慮。廣告中的商品或服務是甚麼，那模特兒的外觀便得相應地配合甚麼。那是一種對人貌非常世俗和附帶前設的看法，『上不上鏡』不過是『合不合用』的意思。」涵略略扭動肩頸，以為這樣能紓緩痠痛。

「這樣的話，如果撇除商業的考慮，一張照片怎樣才算是好看？一名攝影師到底該拍出甚麼樣的照片？」

「你選擇以天台上的天線為拍攝目標，是因為你的肉眼發現它們像晾衣架，像火柴人，像很多奇趣的東西。天線沒有刻意長得跟這些東西相似，但憑你的生活經驗、想像力和知識，你不猶豫地對天線產生多樣的看法。換句話說，你賦予了它們獨特的意思，你是那些意思的作者。同時，你也把自己變成照片的作者，因為你決定要拍下天線。那麼，你得確保小視窗裏的畫面能充分表現那些關於天線的種種意思。如果小視窗內的畫面較肉眼的視覺欠缺點甚麼，你便得嘗試利用相機的功能和自己的技術反覆揣摩，以彌補鏡頭和肉眼之間的差別。相反，有時候相機和你倒能錦上添花，大大凸顯你打算從肉眼傳遞至照片的意思。你的身體和持機的角度、背景的襯托、焦點的遠近、光線和陰影的方向……通通能協助你把不像晾衣架的天線拍得像晾衣架，把看似火柴人的天線拍得更像火柴人。你是照片的作者，照片是你的代言人。它好看，是因為它能向別人說出你拍下它的原因。你不能只把晾衣架和火柴人留在腦中，也不需親口向我介紹它們。你得把它們完完整整地釋放到照片上，這是你作為聶景——不，這是你作為攝影師的責任，也是對那些天線的責任。」

「既然有了對天線的種種聯想，接下來要做的就是好好摸索一下，怎樣的拍攝技巧，才可圓滿地把我眼中的發現呈現到照片上。明天我再上天台拍一輯，趁那些火柴人和晾衣架還未走掉。」聶草草收拾桌上的照片，他希望明天放晴。

四

南區同樣寒流處處，郭小姐終於抵受不住，從手袋裏抽出一件羊毛外套，還要挨三十分鐘。她當然搞不懂南區和東區的分別，但我告訴你，南區屬情感認知障礙分科，非要把你弄得哭笑不得不可。郭小姐一邊勒住冷冷的鼻涕，一邊揭曉右方第一幅黑布簾下的秘密。

涵拜託照片，竊竊對郭小姐說：

「一支球隊的榮耀，就是一個城市的驕傲。球員的體育精神和伎倆較政客和高官的手段更叫人拜服，更贏得民心和支持，踏踏實實地凝聚人民的愛戴和厚望。上陣的僅是球員，可全體民眾卻同於後方吶喊助威，不離不棄。勝仗，凱旋而歸；一個城市能產出英雄真好，一隊英雄能擁獲追隨者真好。激昂、歡騰、釋懷、盡興、熱血、燃燒、感激，球場上的九十分鐘，是千千萬萬人一生的成敗和悲喜。」

郭小姐被照片上那波紅浪迷得不知所措。浪中交織着一股雙向的引力，雙層巴士露天頂層上的球員向堵塞馬路的民眾噴香檳、擲足球、振壯臂；跟球員同穿鮮紅球衣的民眾不看天，不望地，只朝巴士上的球員揮手叫好。如何才可以有分慶祝這樣盛大的喜事？要多久才能孕成強烈的忠誠和歸屬感？偶像和英雄到哪裏找？支持他們可有回報？這紅浪鋪天蓋地，但郭小姐的生活不曾起過甚麼漣漪。她有點羨慕和好奇被擠在人羣中載歌載舞的感覺，可又怕真的置身其中時，或會理解不來人羣和自己到底在搞甚麼；顧慮一起，她便失掉興致，淪為一個格格不入的不速之客。

鮮紅傷害她的眼睛。

她離人羣而去。

第二幕黑布簾下則冷清多了，只一人。涵拜託照片，竊竊對你們說：

「我們誰都清楚，睡一覺後醒來是甚麼感覺。倘若連睡很多天呢？睡到不知何時醒過來呢？這女孩昏迷了八十多天，鏡頭前她剛醒，坐在輪椅上，雙眼雖然睜開，眼神卻呆癱如木。感官醒了，意識似乎還未熱身。她毫無頭緒，該如何由生命產出生命力；她的昨天不在昨天，她的現在捉不到手裏，她打一個呵欠，明天是否便會來？相機乘虛而入，偷採了她的靈光、態度和記憶。她定睛望進鏡頭，其實想問鏡頭是甚麼？鏡頭後的人是誰？她對一切都有認知障礙。」

輪椅上的女孩坐得端正，靜靜地跟郭小姐四目交投。郭小姐明明不認識女孩，可是她似乎洞察得到，女孩正從一無所知的眼神，向她拋出多不勝數的問題。女孩看起來安全，但欠缺操作她的主人；她像一頭機械人，生不如生，死不如死，使郭小姐覺得她可憐又可怕。眼、耳、口和鼻俱齊，且倒還標致，偏偏看起來沒有人的神采。這可以説是一張「空臉」嗎？只掛在面上，等待被擺布和差遣，是傀儡的標記。郭小姐愈看這張「空臉」，便愈覺得熟悉，或許生活上也偶爾浮載着這種「空臉」，在他人的面上，在自己的面上——郭小姐如卸妝般，把面上的神氣和立場脱得一乾二淨；她有時候甚至較輪椅上的女孩更省力，對一切不求答案，自滿於無知，反正昨天和明天都跟現在一樣，睡着。

不知道女孩的照片是不是真的備有催眠的魔力，竟看得郭小姐愈來愈睏，差點提不起勁轉向下一幅黑布簾。

那是一張寬橫得很的照片，涵對相機的小視窗說：

「我們終於抵達這次空難的現場，很慚愧，我們明顯是多餘和無用的。這邊在偵查，那邊在搜證，到處在哀悼，而我們雖然絕沒幸災樂禍，但怕只能東張西望地取材和記錄，尷尬地主張現場需要如我們的旁觀者。我們既不能插手其中，也無法補償死難者家屬的遺憾，唯有跟隨四周赤裸的情感，以觸動相機的快門。一名婦人的黑色薄頭紗半透着光，隨風於空中拉展，吹向額頭的前方，無情地指向傷心處。婦人不忍望前，只能以雙掌中的沙堆掩臉，讓風逐顆逐顆地把掌中的沙，沿頭紗躍舞的橫姿吹散到空中，像一帶星河，注定從手上流失。沙粒從現場的土地劫走死者的體溫、氣味和髮膚，婦人不惜愚昧地企圖從沙中把這一切親切的全搶回來。頭紗和沙河猛力把婦人扯向傷心處，她卻只夠氣力在原地抱頭曲背。我得把每顆沙粒捕捉得一清二楚，全數收集才可替婦人拼回她的至愛。」

仗着視覺中的疊影，郭小姐勝人一籌，意外地見證這照片難得的效果。她的眼珠左滾滾，右旋旋，眼前那縷沙粒和頭紗便真如在風中牽扯扭舞，使她格外意會到空中那股澎湃不止的宣洩。婦人的軀體明明沉重得幾乎無法自支，可郭小姐卻發現，婦人纍纍的情緒居然乘輕輕的紗巾和沙粒隨風而散。這使郭小姐猜測，難道風能救贖一切的情緒？難道千愁萬緒皆能溶化於風中？是情緒捲起風向，還是風速驅走情緒？風一停，心就會定下來，還是亂下去？她真想馬上奔到海邊，讓風為她洗洗刷刷，而這裏空調的冷風卻咄咄逼人！

多看一幅照片，南區便告一段落，郭小姐今天的療程快將結束。她一手拉緊身上的外套，一手掀開最後一幕黑布簾，糟糕！照片又變回黑白色！

涵認為這照片只容得下黑白，他對這世界黑白以外的顏色說：

「這男孩被當地反軍方的極端組織俘虜了一段日子，後來終獲釋放回家，卻從此得靠在嫲嫲的身旁寸步不離，也不肯開口說話。鏡頭前的他伏在嫲嫲的膝上，側頭望向鏡頭，也許害怕它是武器。躲在嫲嫲的懷裏成了他生存的唯一姿態，是可信和安全的。他納悶地皺着眉頭，眼睛雖然睜得又圓又大，可那種圓大是被慣性地嚇出來的，不得已。嘴巴閉合是為了避免招惹麻煩甚至殺身之禍，男孩肯定從那段日子學會這點。他愈沉默，便愈無意地向鏡頭講述那不為人知卻呼之欲出的遭遇；正是因為誰也不忍聽聞，包括男孩自己，所以他才乾脆吞聲忍氣，少生事。他看見甚麼都像是看到那段日子一樣，如一頭驚弓之鳥，只有嫲嫲的懷抱是刀槍不入的歸巢，我也不應打擾他。」

沒有孩子的郭小姐心疼極了。哪有黑白慘淡的孩子照？哪有掛滿超出負荷的情緒的孩子臉？這肯定不是演出來的，他真的活生生地褪掉了七彩繽紛的顏色！小小的身子乏力地畏縮在老人的膝上，全沒孩子該有的朝氣和活力，甚至較那老人更倦怠，脆弱得即使我想輕輕撫拍他，也怕他受不了！是我眼中的疊影又在作怪，還是男孩真的在微微顫抖？老人為何沒有好好看管男孩，害他落得這個被煎熬着的模樣？誰能解開他的鬱結？我們全部人都對不起他，這照片是他開給我們的欠單。

郭小姐替男孩蓋上黑布簾，怕他冷。

五

涵的工作室就在助手室的隔壁，但除非涵允許，否則聶不可擅自進入工作室，這是十分清晰和嚴格的規例。工作室了無風光，四壁上只一扇狹細的窗，連一幅照片也沒有。攝影師總該有兩、三張被稱為「代表作」的照片吧？正如畫家的工作室總掛滿自己的畫作，演員的肖像照片和電影海報也於娛樂公司中隨處可見。難道涵偏偏選不出一幅作品掛在工作室的牆上？他開啟辦公桌上的電腦，螢幕便是相框，展示他從四周偷採回來的光。的確，有些照片偶爾使他滿意非常，可算是得意之作，但他偏害怕被一時的得意遮蔽自己的眼睛，教他忽略周遭潛藏的拍攝材料，所以他索性放開自己一切的作品，免被它們所羈絆，保持心和眼自由。他只准許牆上那扇朝向對面大廈喉管的窗戶陪伴自己，那是乏味的小視窗，恰好提醒他外頭的風光遠不只此。

電腦內的照片一般被歸入「東區」、「南區」、「西區」、「北區」和「其他」。涵跟任何界別的創作者一樣，不甚喜歡依從指定的題目創作，傾向甚麼皆由自己出發。因此，即使認知障礙治療中心需要他按四大分科提供照片作品，他也絕不刻意帶着分科的要求到外頭拍照。他不過是一個愛看世界和愛拍照的人，剛巧治療中心認為他的照片能應用於治療上，他便非常幸運地每月領薪拍照，反正世界本來就由那四大分科支撐而成。如果你夠心清目明的話，準能看得出來。

涵通常先把剛拍下來的照片存到「其他」的檔案裏，待逐張審視和考慮後，才把它們撥進四區的檔案，而留在「其他」的照片，自然就是不大符合四區的主題，或純然連涵也想不起拍下那些照片的動機。於他而言，在螢幕上查看和鑑賞自己拍的照片，是一項十分有趣卻慎重的儀式。照片的本身先誕於相機的小視窗內，繼而顯示在相機的數碼屏幕上。至這刻，涵才有機會於足夠寬廣的電腦螢幕前，睜大眼睛面對自己在按下快門一刻，到底捕捉了甚麼。他捧着相機時，當然心中有數，但照片畢竟是為了給人看，且要看得清清楚楚，所以它終究需要呈現成一個起碼的尺寸，才能彰顯它的身分和意思。

你應該試過從錄音裏聽見自己的聲音和說話吧，我猜你一定感到十分尷尬，甚至驚訝原來自己的聲音是這個模樣，原來自己說話的節奏和咬字是這樣，原來連自己說話的邏輯和態度也會嚇自己一跳！涵現在正一言不發地防範被自己拍的照片嚇一跳。每幅照片皆向他重播着他的說話，他想借照片傳遞的說話，他希望郭小姐聽到的說話。觀照和聆聽自己從來需要莫大的勇氣、耐性和決心。好些著名攝影師往往只追求按下快門的趣味，卻從不重看拍下來的照片，姑且讓助手善後一切便算了事。這些攝影師把相機當成陪伴自己遊歷的工具和玩具，借它來保持敏感的觀察，也好讓自己手上有點工夫，不會閒得發慌了。他們單純地盡用偷取光線的權力，借相機於眼前挑挑剔剔，志在當一位對視覺有要求的人。涵倒沒那麼瀟灑，一來他欠缺富本事的助手，二來他不敢自大得對自己拍的照片愛理不理。始終，他從世界偷了光，便得以問心無愧的照片償還世界；從照片發出來的光是永恆的，如果它能點亮觀賞者的眼睛，甚至心。

滑鼠「吱吱」兩聲，「東區」檔案內的照片便井井有條地鋪滿整片螢幕，以洶湧的數量歡迎它們的主人。涵緩緩地追溯照片的拍攝日期，時光愈退愈舊，是非和道德愈混愈雜。是非和道德引領他抵訪過許多地方，可他當然沒如我們旅遊時，以「到此一遊」那麼膚淺的自滿來逗樂自己。放大照片吧！放大照片即放大是非和道德問題，教你不會視而不見。涵放大於貧民窟的溝渠旁提水來喝的小孩，放大戰戰兢兢地站在街上等待性交易的女孩，放大屠殺後粗製濫造的墓地上歪歪斜斜的碑字。即使你輕鬆地刪除照片，即使郭小姐不來看照片，即使沒有相機這東西，世界始終反射出不堪入目的光線；那些光線很容易使人看得慣，看成理所當然，甚至看不見。

世界上有多少個「東區」？多少個「東區」能夠曝光？

對，偷光是為了曝光，涵的相機是一名用心良苦的怪盜。

懇請你們先別讚歎涵很偉大，因為連他自己也無法肯定，螢幕上密密麻麻的照片，到底可有達成甚麼功德。照片的日期或久或近，全部已非今天，那今天世界上各個「東區」的模樣如何？可能喝水後的孩子正返到溝渠旁拉肚子，可能女孩正不情願地接受性交易，可能坦克剛輾平了墓地，可能如涵重複把照片關閉和開啟一樣，畫面完全沒有變化，照片何年何月何日都等於今天。

那麼涵究竟做過甚麼？光是不是白偷了呢？如果是白偷了光的話，為何他還能每月領薪？對，他差點忘記，工作室的前方正正連接治療中心的四大展覽區。四區養住他偷來的光，而這些光又聲稱能養好病人的眼睛，所以涵能夠幫助的，是眼睛出現毛病的人，而不是照片裏的人。僅此？涵貪，他奢望來看照片的人，除了逐漸恢復視力外，也能把中心內的照片看成一面鏡。你站在鏡前，發現從世界各處反射過來的光線；這些光線擁有無窮的腿力，只要遇上反射的表面，便會鍥而不捨地跑。光線希望你們每人也持着一面鏡，一傳十，十傳百，把它們連綿地反射到可見的地方。同時，你也得於鏡中仔細地看看自己，跟照片上的人有甚麼關係？我可會變成跟他們一樣？觀照自身，觀看世界，相輔相成；要治療認知障礙，先得面對它。

照片治療到底會否見效？涵難以保證，可如不是以「心清目明」作招徠，你猜連眼睛也顧不好的人，還會有閒情上來看照片，還會把時間和心情分給照片上的人嗎？人先顧自己，才管世界。我們別怪郭小姐，也別怪自己，但同為人，同有機會變成世界上任何「東區」裏的人。你住的城市可能已長得跟「東區」愈來愈像，只是你無從認知，你的心和眼愈來愈糊塗，居然錯過光線的信號。

從「南區」檔案裏的照片編號「38966」起，涵繼續他的編輯工作。對，他除了是照片的作者，還兼任它們的編輯，務求它們能把他的說話承載得盡善盡美，別讓光線被誤會。首先，涵得牢牢記住「38966」這張照片的拍攝動機，啊，是一位中年女士於咖啡室的窗旁鬱悶地等待着誰。涵清楚這畫面的價值，女士的疑惑、玻璃窗上的影子、咖啡的陪伴、空凳上的幻象、手錶的倒數……雖然這些未必足以串湊成甚麼連篇的說話或故事，但零零碎碎的枝節和片語，有時候倒能曖昧地互相牽引，較表露無遺的謎底更使人想入非非。

既然作者記得要說甚麼，那便輪到編輯出手，讓這些說話變得呼之欲出！涵開啟照片的編輯模式，難免使他同時暗暗地開啟自己的雀躍模式。當然，如果光線下的一切皆來自造物主，那涵現在不正是一名再造物主嗎？指頭稍稍施技，增減亮度，咖啡室便於瞬間昏明不定——中年女士居然處變不驚；那麼看看色溫出招吧！向絕寒的極端，咖啡室頓時如被冰封般，灰白慘慘，可憐女士久候不果，終凝成冰像。涵慈悲，賜她無盡的溫暖吧！咖啡室即又被狠狠地縱火，熊熊滾滾，如溶人的沙漠。女士始終不走，甘心遭活活燒死，但不甘心被玩弄於涵的指掌中！

編輯一時調皮，居然漠視作者的原意，失控地擅自篡改光線，還狂妄得自稱甚麼再造物主，實在對不起眼前仍舊默默等候的女士。涵被自己嚇了一跳，他大膽地想，如果現實能隨照片改變，那麼只要他在空凳上貼上一枚人像，女士豈不是不再孤單一人？如果他把貧民窟的溝渠水調成清澈的透明色，孩子會不再拉肚子嗎？如此的話，照片本來的畫面便不再跟現實相同，那麼現實本身的意義還存在嗎？現實的本身重要，還是我們理想的畫面重要？編輯問作者，作者問編輯。編輯決定安守本分，遵從作者的原旨，繼續讓咖啡室裏的女士慢慢地等。

現實不會介意無傷大雅的修飾，正如你無需在意善良的謊話，或純然基於氣氛而生的笑話。涵把標有讀數的格子網套在照片上，左右量度邊界的水平。咖啡室的天花板和地板看似朝下傾，不，朝上？兩者的花紋不同，斜紋和格子一天一地，企圖合力混淆物理的真諦。裁掉那行地磚以下吧，還要把整幅照片向逆時針的方向旋……旋到這裏，十七度。這樣看上去，咖啡室才不至像快要倒塌。兩邊牆壁上的掛畫實在礙眼，大小各異不説，連畫中的色彩也要喧賓奪主，明明主角是這位女士啊。為了使女士身上的焦點變得更加鋭利，涵只好略微加深她周邊的「矇矓圈」，在外圍過於搶眼卻無甚意思的配角上，蒙上一層自然的霧霞。這樣的景深不僅使平面的照片變得立體和富層次，也可避免觀賞者被多餘的旁枝分散注意力。

掛畫，你們不會介意吧？

女士，你這樣看起來迷人多了。

「38967」。

「38968」。

「38969」。

「南區」的容量可夠大，能裝載三萬多種情感？人的心胸可夠大，能裝載三萬多種情感？涵的鏡頭可夠大，能裝載三萬多種情感？如果涵自身的情感已數以萬計，那他還能裝載別人數以萬計的情感嗎？他提醒自己，別人的情感用不着完全由他來裝載。當然，基於他極敏感的同理心和生活經驗，他非常容易感應、洞察和辨識別人有意或無意地發放出來的情感信號。這些情感信號不論強弱，通通勢不可擋，使涵避無可避，彷彿這些情感的主人只挑他和相機為傾訴的對象。涵身不由己，既然無法剝脫自己過於活躍的神經，那只好於置身別人的情感之時，以相機作為抽身的工具，保持自己跟別人的距離。如此，涵才不至被外界的種種刺激和信號淹沒得頭昏腦脹；他必須清晰如鏡，才能盡一己之責，把外界拜託他反射出去的光線和説話，恰妥地印到照片上。

以相機阻擋自己的臉，是涵跟世界最佳又最親切的距離。

「38966」的女士叫涵三思，於是他重看那張咖啡室的照片。編輯乖，已經順作者之意，讓女士的疑惑、玻璃窗上的影子、咖啡的陪伴、空凳上的幻象和手錶的倒數全然滲溢到照片上。可是，編輯問作者，雖然照片是作者的代言人，但作者真的是照片裏的人的代言人嗎？換句話説，咖啡室裏的女士，真的如涵所想般，空寂地等待着誰嗎？她會不會其實沒一點苦悶，反而正自得其樂，甚至慶幸空凳上沒人打擾她？即使涵志在當一面公正無私的鏡，可他始終以主觀的同理心來接收鏡前的信號，説不定他那同理心跟女士的心不盡相同！況且人面跟人心之間總存在難以量知的距離，有人喜怒形於色，有人笑裏藏刀，有人笑中帶淚；單憑鏡前的畫面，任你閱人無數，也未必能一語中的，道穿人心所向。涵可曾問自己，有沒有曲解鏡頭前的畫面？他有否被光線欺騙或誤導？如果從來是他自作多情，一廂情願的話，那螢幕上數以萬計的照片，豈不是教人錯誤地認知真相，加深人們的認知障礙？

「攝影師不代表本人立場！」女士從螢幕上大喊出來，差點濺起咖啡。

編輯頓時覺得自己枉作好人了，他怪作者，認為作者不僅不是害怕被外界的種種刺激和信號淹沒得頭昏腦脹，而是為了滿足自己多愁善感的神經，才四處借題發揮，過足情感寧濫勿缺的癮！你承認嗎？照片上的人不過是你用來娛樂自己的棋子！

樂？你看看這許許多多的照片，倒不全部跟樂有關。當中承擔住龐大和無以名狀的悽楚、哀怨、啞恨、憤慨、默泣、咎悔、不捨……如果我要娛樂，我哪會笨得把自己跟這些令人難以承受的情感拉在一起？照片上的人跟我非親非故，他們吃苦是他們的事，大可以與我無關，我又為何總是不辭勞苦、不計遠近地把他們記載在我的照片上？我不是要求讚賞，也沒有抱怨之意，只是我相信，我得相信，即使照片的說話並不盡如照片上的人的意思，我也得接受一切信號的來訪。我不能謝絕它們、否定它們、猜忌它們，我得盡力抓緊它們跟我之間產生的連結。對，是連結，正如即使天台上的天線無意長得跟火柴人相似，但既然於聶的眼中，天線出現跟火柴人相似的地方，那麼這個信號便是聶和天線之間的連結。如果他狠心地推翻這連結，便同時推翻了自己的心，逃避去認知自己的心了。

我不是在娛樂自己，而是持續努力地去認知自己的心。作者提醒編輯。

六

北區右邊的支援室裏，電話響個不停。難得莫姑娘剛找到一刻喘息，涵偏從工作室走過來八卦，順道賞她一顆薄荷糖。

「又接到新症嗎？」涵防不勝防地向莫姑娘擲出一顆薄荷糖。

她眼明手快地接住。

「還沒有確實收症，單是查詢已談了超過半小時，又是那些莫名其妙的問題！救命啊！」她把整個身子陷進椅子的靠背，眼皮先閉一會。

「莫名其妙的治療方法，自然引來莫名其妙的質疑，哈哈。」

「他們可以不選擇我們，但拜託千萬別提出一些令我啼笑皆非的問題，我快要受不了！」莫姑娘很害怕電話隨時響起。

「你有甚麼人是招架不來的？放輕鬆，不然輪到你變成需要治療的人了。」涵倚在支援室的門旁，渴望電話突然響起，好讓他見識一下莫姑娘啼笑皆非的樣子。

「我真不敢當，你知道嗎？單是針對我們那句『心清目明，心濁目盲』的質詢，已煩厭得使我兩眼反白。天啊，剛才那男子居然問，既然心清便目明，心濁便目盲，那何不直接把他轉介到心臟科，照照心電圖，通通心血管？天啊，他還怪我們要病人觀看照片，説這樣會損耗他們的視力，使眼睛變得更壞！冤枉啊！」莫姑娘把薄荷糖塞進嘴裏，消消氣。

「缺乏耐性的眼睛，即使視力正常，也注定錯過世界。」

「你是在教我要這樣回覆他嗎？別開玩笑了！」

「愛莫能助，希望他早日康復。」涵低下頭，驚訝自己正在做一些較心臟科更厲害的事情。

「都怪你啦！身為照片治療師，卻不肯跟病人會面。你明明知道，很多新症舊症的病人，經常嚷着要你親自解釋照片的意思，又希望你能提供一些看照片的竅門，加快他們康復的進度。我在電話怎能代你發言？他們甚至怪我辦事不力，說我無法聯絡你，說我阻礙他們康復！天啊，全怪你！」莫姑娘把薄荷糖的包裝紙投中涵的額頭，消消氣。

「若我親自解釋的話，只怕說多錯多。到時候，我便變成阻礙他們康復的人了。我想，照片治療師就是負責拍攝用來治療病人的照片，這方面我還算及格。」

「說起拍攝，剛才那古怪的男人還問我，治療中心攝影師的心臟是否健康？有沒有報告證明？攝影師是靠攝影這習慣來保持心臟健康和視力正常嗎？如果是這樣的話，治療中心怎麼不索性開辦攝影班，教導病人拍照？這樣總比甚麼也不做，只站在照片前呆看數十分鐘實際多了！天啊，你答我！你的心臟健不健康？」莫姑娘的左手直指涵的胸口，她禁不住失笑起來。

「或者，你該把他轉介至精神科？」

「我真沒氣力跟你玩，他還——」

「鈴鈴鈴鈴」！

莫姑娘雙眼反白地提起電話，揚手示意涵離開。

涵摸摸自己的心臟，然後關上支援室的門。

治療中心下的街口佇滿整排巴士站牌，單數雙數英文字母，如毫無邏輯的密碼組合，工整地印在牌上的格子中。好幾輛巴士駛過來，又開走，可始終贏不了涵的歡心。他清楚它們全都能於八分鐘內，直接把他載到傑叔那處，可是僅僅八分鐘的浮光掠影，絕對無法收買一名攝影師的心。他必然選擇順沿巴士行駛的那條大道，以腳步打起節奏，在大道旁的行人路上按步前行。

傑叔的公司是涵最信賴的數碼照片沖印公司，每當涵需要把照片檔案沖印成硬照，便會到傑叔那處弄上三、四個小時。即使有時候不是為了印照片，涵也會不知不覺地把自己帶到那裏去，反正傑叔欠一個聊天的伴兒，隨便。巴士較人龐大得多，所以似乎能合情合理地霸佔大部分的公共空間，懶理旁側的行人逼個你死我活。涵用掌心罩住相機的鏡頭，怕它被熙來攘往的人影弄得眼花花。同時，他不忘替自己的肉眼爭取一角藍天，頓然抬頭招架高樓垂垂的招牌；頸再往外伸，晴空就在招牌的叢隙間填上顏色！

「看路吧！」一個赤裸上身的男人刻意地把手推車撞向涵的腳跟。手推車上的紙箱依然穩重如山，可憐涵眼中的藍天一瞬即逝。

除了相機的指引，涵從來不聽何人何物命令他該看甚麼，又不應看甚麼。他不忿地盯住男人赤裸厚肉的背，卻忽然禁不住在心裏感謝男人的提點。對，不坐巴士，不就是為了要好好看看路上的行人、商店、建築和一切能看進眼內的風光嗎？來，我們一起邊走邊看路吧！

相機隨身，自然是一個人視力正常的象徵，可涵未必能於迎面湧來的人潮中，看穿誰的眼睛有毛病，或誰心濁目盲得需要照片治療。沒眼鏡的人猛力地瞇住眼睛，似乎看不清遠方；戴眼鏡的人不時忍不住搓揉雙眼，弄得眼珠又紅又腫，可能鏡片的度數根本不對？只一邊眼鏡夾上墨鏡片，是時裝潮流還是視光師的建議？還有紅綠鏡片、無鏡片的眼鏡框，甚至掛在胸前的放大鏡……涵竭力地接連望進旁人的眼睛，希望能博取對方報以剎那眼神的回應。可是，儘管人們施展渾身解數來改善自己的視力，他們絲毫沒有留意涵發放出來的眼波。他們拼勁地利用眼睛來幹甚麼呢？望見高樓的滴水得避開，瞧見交通燈便要起跑，瞥見巴士駛過來便追，瞅瞅價錢牌便買東西，還有千字萬圖於電話的屏幕上，督促他們低頭飽覽個夠。眼睛要應付的實在太多，周遭雜亂無章的信號成了沒完沒了的負擔。我們一般先把視覺當作一項用來處理生活的功能，於是我們慣於為視覺選擇接收一些富實際功用的資訊，即所謂「有用」的信號。眼睛成為我們的僕人，專門為我們於生活中解決問題和作出決定。

眼睛，要聽我們的話。

可是，為甚麼人羣的眼睛大多造反了？它們鬧彆扭，又癢又痛又乾，花樣多多，非要為難主人不可。涵再三凝視人羣的眼睛，猜想它們大概是在撒嬌，甚至罷工。它們實在厭倦沉悶乏味的職責，怨怪主人忘記了它們除了是生活的僕人，還是高尚脱俗的靈魂之窗！怎麼可以只對這雙窗口開放煩雜紛亂的片影？對於「有用」的風景，窗口照單全收，但長久封殺「無用」卻美麗怡人的風景，靈魂之窗得大喊：「萬萬不能！」甚麼是「無用」的風景？例如大廈招牌之間透露的藍天、鷹鳥翱翔的姿態、彩霞殘褪的色譜、海浪拍岸的白沫、情人的酒窩、爸爸的皺紋、自己的過去和將來……這些風景的「無用之用」，在於它們能豐盈地滋養甚至治療我們那雙操勞過度的靈魂之窗。「有用」的信號能於分秒間佔據和耗用眼睛，可「無用」的風光往往需要我們耐心地打開靈魂之窗，讓光線徐徐滲漫進來，把我們整個人浸淫於其中，才能使「無用之用」發揮出來，惠及眼睛和心靈。

相機這刻於涵的掌中，實在感到幸運和受寵，因為它忽然洞悉到，自己大概較人羣的眼睛更能稱得上是靈魂之窗。不是嗎？涵為小視窗精挑細選，帶它賞盡最觸心動人的「無用」的風光；這些風光往往得靠耐性、決心、敏感和機緣才能碰上，然而小視窗幾乎百發百中，簡直是靈魂之窗之王！它理解並不是每雙眼睛都能如此幸運地得到一位自覺的主人，況且你看看這大道，這城市，早已肆意地犧牲種種「無用」的風景，來換取生活的便利、發財的生機、嘩眾的虛榮……即使一個人不是存心要荒廢眼睛的靈魂，但要他於如此汙染處處、醜相頻生的周遭中尋求一縷靈光，實在不容易。

因此，我們得儘量保持清醒的自覺，避免讓眼睛負擔過多呆板或苛刻的資訊，好使它有餘暇，享受「不切實際」的風光來鬆弛神經。我們得學習如涵服侍鏡頭般，服務我們的眼睛；我們，要聽眼睛的話。它需要靈光而非沙塵時，我們得為它找；它厭惡無所適從的亂象時，我們得帶它避走。

於眼睛而言，光線絕對有優劣之分。

交通燈時而把行人路上的人潮積累得幾乎氾濫，時而又疏導人流至四面八方，非常左右涵舉機偷光的時刻。他本來打算於斑馬線前蹲下，把相機儘量朝上傾斜，應該剛好能讓鏡頭包攬整幅垂直而擎天的「明珠賓館」招牌；從這個角度拍，「明珠賓館」彷彿是一道貼在晴天上的揮春，或是一扇通往天堂的秘門，誰也不懂得如何把它摘下。涵固執地試圖把它摘到小視窗裏，他先於心裏數算交通燈變色的頻率，再瞻前顧後，機警地打量各方準備交鋒的人勢；斑馬線上無車無人之際，便是他出擊之時。也許行人瞥見涵的相機，妒忌他能奢侈地活用優良的視力，故每當涵蓄勢待發時，總有他意料之外的行人不遲不早地劃過理想的拍照據點。多等一會，整條斑馬線便又載滿川流不息的障礙，洪洪地把涵沖退。

拍攝是一門講求天時、地利、人和的遊戲。你發現「無用」的風景，那是你的本事；你設計方法讓風景落進鏡頭，那是你的才智，但要是四周不容許你依計行事，你也只好另擇吉日，碰碰運氣，幸好「明珠賓館」不是一刹那的風景。

「小心！小心！」哪裏傳來粗豪且近乎警告的聲音？涵扭頭張望，聲音似是由前方響起，一定有事。凡是有事，必現難得一遇的畫面，相機叫涵戒備，看個究竟。多跨兩個街口，涵瞧見逼在行人路上的人羣變得更加狼狽。甚麼事情在擾攘？那堆人羣的上方，搭了數層矮矮的臨時建築棚架。棚架的竹枝於重重人頭上左穿右插，織成一個低壓壓的鍋蓋，差點把下面的人堆罩住。除了頭頂上的竹棚，行人路上也垂直地插了數枝用來支撐棚架的粗竹。好些行人來不及避開粗竹，或根本被擠得避無可避，紛紛遭這陷阱弄得焦躁不已。

「小心！小心！」涵終於瞄到，原來棚架上正躲着兩名建築工人。他們一邊屈曲膝蓋，一邊用工具刀割斷索帶，似要把棚架的竹枝逐條拆卸；人羣中混雜着另外兩名工人，他們忙於仰頭對棚架指手畫腳，大呼大喝。

工人心中有數，如智力遊戲的高手，知曉哪條竹枝可以先被移走，哪條竹枝關鍵得該留至最後，使棚架不會因為力學上的錯誤而中途倒塌。這遊戲額外的難度，在於工人得顧及棚架下連綿不斷的人潮。涵縮在一角，默默地忍受旁人的推擠和嫌棄；只他一人停在那裏動也不動，當然惹人討厭。涵不管，他正等待工人挑戰最觸目驚心的步驟。

「小心！小心！」棚架上的工人剛解脫一條竹枝所繫的索帶，可竹枝長，要牢牢地握住它，先得找對接觸點，然後雙手交替地把竹枝傳至棚下的工人。棚上的工人如撐竿跳選手，提住比自己還高的竹枝，小心翼翼地瞄準棚下「接棒」的工人。行人或左閃右避，或不知不覺，只求快快越過這段荒唐的路。就在棚下的工人快要把整條竹枝從上方拖托下來之際，涵固定好腳步，持機時雙臂刻意張開一點，以擋禦人潮的突襲。畫面因竹枝的高度和棚架上下的構圖而變得長直，且棚架遮蔽了不少日光，還於工人的臉上印出一些交叉的影紋。涵嫌畫面的色彩略為枯燥，竹棚的褐黃色於小視窗裏顯不出甚麼層次。剛巧大道上駛過一輛鮮紅色的雙層巴士，鮮紅足夠填充竹枝之間的空隙，快門不遲疑，工人不遲疑，巴士不遲疑，人羣不遲疑，這「無用」的風景，就叫作「薪火相傳」吧！

七

墨水的氣味遺傳自光線的色譜，被攝採而來的光線含千絲萬縷的顏色，於是墨水和打印機依樣畫葫蘆，一邊混色一邊混出使人上癮的氣味。光線明明是天然的，可一旦經過墨水轉載後，居然釋出非常化學的氣味，當中的遺傳實在曲折離奇。打印機瓦解光線和時間之間的關係，使光線不限於其出現的時刻，卻同時只許光線永遠重誕在墨水之內，照片之上。這樣的話，照片便成了過去、現在和未來之間的媒人。你現在握住的照片，是由過去的光線轉塑而成；這照片可一直待至未來，慢慢衰舊，墨水是光線的防腐劑。可是，照片永遠無法超前現實，它必先等到現實的畫面發生了，才繼而隨之誕生。照片欠缺自我創造的能力。

「傑叔，照片印好了沒有？」涵推開照片沖印公司的門，一陣百嗅不厭的墨水味湧上來。

「你來了！真好，你又來了。照片還差一點才乾透，別急別急。」傑叔摘下兩邊拇指和食指上的膠套，轉身到茶水間端出一杯溫茶。

「謝謝。不用趕，我也沒有別的事兒。」涵喝一口茶，茶如常沒甚麼香味，稀得跟水不差。

「這次的照片又是用於治療中心的展覽？」機房內的打印機發出數下殘喘，傑叔乾脆走過去關掉它們。

「是啊，打算補充一點後備的作品，以防新症突然急增。或者當一些病人康復得比較慢的時候，作品也需要替換得頻繁一點。」是我的嗅覺被墨水味麻醉了，還是傑叔的茶真的不帶茶香？

「我也真的不太懂，原來照片可以醫眼睛。可能正是因為我終日在這裏弄照片，看照片看得多了，眼睛才一直不壞不盲呢！」傑叔身上的工作背心永遠披滿七彩斑斕的墨漬，涵肯定他從來沒洗過那背心。

「你的眼睛要是壞了，我倒不知道該找誰處理我的照片。」

「我也不算是幫上甚麼大忙啦，都是打印機和墨水的功勞。要是它們不可靠，我也無能為力。」

「你這裏用的墨水真是無與倫比，不像外頭的沖印公司，把我的照片印得像廣告海報一樣，假得要命，還耐不住射燈的光。把照片放在展覽裏的話，簡直是謀殺它們。」涵猛搖頭，實在不堪回望從前那些飽受委屈的照片。

「你的作品這麼動人，我當然得儘量拜託墨水啦，紙張啦，打印機啦，還有空調和抽濕機這些老朋友互相配合，把你精心捕捉的畫面完完全全地呈現在紙上，這樣才不會辜負你的苦功！你辛苦了，多喝口茶，多喝口吧！」傑叔把涵的茶杯拿到茶水間，添滿。

「快告訴我，你的墨水到底有甚麼厲害的秘密？」

「哈哈哈！你看我這麼一個粗人，哪懂得甚麼秘密？我不過是比較熟悉這裏的幾位老朋友，擅長當它們之間的和事佬，讓它們各自的脾性互相磨合，團結地發揮所長。單是墨水厲害是不夠的，畢竟任它繽紛豐富，最後也得被印注到紙上，而紙張本身又有其顏色和質地，所以必需選擇『合襯』的墨水和紙張，才可相得益彰。偶爾有些自稱是藝術家的傢伙走到這裏來，要我把數碼照片沖印到他們自備的紙張上。你猜那些紙張是甚麼樣子？珠光面的、啞光面的、石紋面的、木紋面的，甚至用來寫書法的宣紙都有！不用等打印機揭曉結果，我也早斷定某些紙質無論如何也是行不通的。偏偏那些藝術家卻自信又固執地說：『我就是要它行不通！』他們這麼一說，我也無可奈何了，哈哈！」傑叔一大笑，那墨彩背心下的肥肚子便抖個不停。

「你看，連怪脾怪氣的藝術家也信賴你的手藝，你還說你不厲害？」涵倒想見識一下那些行不通的藝術品是甚麼模樣。

「我才不管他們的歪理呢！我只知道，墨水和紙張自有它們『合襯』的定理。墨水好比鑰匙，而紙張就像鎖孔。當對的墨水嵌進對的紙張時，就能結合得天衣無縫——墨水不化不散，紙張不霉不透，牢牢的『鎖住』顏色。而且墨水的鑰匙和紙張的鎖孔愈細密愈好，這樣顏色的分布和層遞才愈精膩呢！至於把鑰匙放進鎖孔的那隻手，當然也得快、密、準！那隻手就是打印機極細極細的噴嘴。我覺得啊，噴嘴幾乎是做刺繡的針頭，一針一針的把墨水刺注到紙張上，不偏不倚，果斷有勁；稍有猶豫，針線便打結，墨水便混散，整張紙便泡湯了。」傑叔聳聳肩，又攤開兩掌。

「好一套打印機的『生物學』，那麼操控這隻刺繡之手的，自然是——」

「自然是打印機的頭腦。它要計算的可多了，你得知道，墨水的原色不過十多隻，可你拍的照片不可能只有這十多隻原色呀！於是，打印機得分析照片上每點顏色的結構和成分，再計算於僅有的十多隻墨水原色中，哪色的百分之幾混上哪色的百分之幾，才最貼近照片上某點的顏色。憑這樣一點一點的答案，才可儘量臨摹照片上的一切呢！畢竟打印機是躲在這裏的井底之蛙，它不可能把外頭的世界先看一遍，然後心中有數地把世界的畫面重現於紙上。它更不可能未卜先知，預早備好照片上每點的墨水成分。所以啊，單憑打印機有限的墨水原色來招架你這些耐人尋味的照片，真算是奇蹟了！」傑叔瞅了機房裏的打印機一眼，頗替它們感到驕傲。

「也許打印機本來是井底之蛙，但經過這麼多年，它消化了無數人在外頭拍下來的風光和畫面，倒也可算是見識過世界了。只是它比較特別，是一位足不出戶的有識之士，你說對嗎傑叔？」涵把茶喝光，但不許傑叔拿他的杯子去添茶。

「對於世界啊，打印機所見的實在不少，但所識的呢？或者它的頭腦欠缺這個本事。打印機所見的不過是表面上的影像，深淺光暗，彎直點線，總之它所見的就是純粹視覺上的呈現。可是啊，你看看你的照片，通通不是志在畫面的表面，而是背後蘊藏有關世界的運作、邏輯、諷刺、質問、制度、政策等等，這些並非單靠視覺所能拿捏，還要加上我們的價值觀、生活經驗、良知、批判力、正義等等。你說裏面的呆子懂得這些嗎？哈哈！」傑叔指向機房，對於入面的驕傲，一下子又消失了。

「看來真正的有識之士非你莫屬了，傑叔，別總是叫自己作粗人。」

「哈哈，甚麼有識不有識，粗人就是人，你和我都是人，自然有視覺以外的本能啊，不是甚麼稀奇事。我們懂得觀物用眼，看事用心，才不像裏頭的打印機。它們只有觀物的眼，沒有看事的心。如果我把它們放到外頭的世界裏，它們肯定活不久！」

傑叔把指套放回拇指和食指上，準備檢查涵的照片。

「觀物用眼，看事用心，可惜現在很多人連觀物也有問題，或者該把你這句加到治療中心的宗旨裏。」

「我真不曉得你那個中心在搞甚麼治療，反正你繼續給我生意就好了，哈哈！」傑叔走到長桌旁，俯身把眼睛貼近桌上照片的水平，似乎不再見到墨水濕潤的光澤。

「都乾了，是嗎？」涵也跟着彎腰。從這個水平看照片，他彷彿感到自己虛無地融入到照片中；既不驚動照片上原來的畫面，卻又佔據了當中無人察覺的一處。

「真涼快。」傑叔繼續蹲在桌邊，眼前盡是汪汪的池水。

「很涼快吧？」涵的雙臂伏在桌邊，幾乎沾到徐徐地溢向池邊的涼水。水的潔癖為他帶來獨一無二的氯氣味。

「你把泳池水倒進了打印機嗎？這片碧藍色和水上的光彩、水花、漣漪……不得了，你看連水底下的人影也快要浮上來似的。」涵略略指向照片的右上角。「完全看不見甚麼墨水的噴射點，漸進漸退的碧波沒有一絲崩裂或分離，就跟連綿一貫的液體同樣舒舒柔柔，我幾乎能從這裏撈出滿掌的水！」涵作勢在照片的上方抓了一下。

「你把游泳池拍成怎樣，打印機便把它印成怎樣，對不對？哈哈，涼快！涼快！」傑叔在池邊四處張望，恨涵沒有拍下性感的泳衣女郎。

「你別多想了，傑叔，這裏女色欠奉，我只送你面前這位驚惶失措的小男孩。他好歹是照片的主角，你也賞賞臉，多看兩眼吧。」涵竊竊地把頭湊近池邊的男孩，鑑賞他臉上的水珠。

「我早已欣賞過了，可惜始終看不穿，他的臉上哪顆是池水，哪顆是淚珠呢！」

「這正是這照片永恆的秘密。使男孩怕得流淚的，居然就是跟淚水看起來一模一樣的池水。淚水從他的臉上滴進池裏後，又跟池水混成一夥，真是一個匪夷所思的循環。」同樣使涵覺得匪夷所思的，是墨水到底如何把男孩眼窩裏的淚光複製得如此剔透閃爍。

「哦？原來他怕水！我還以為他找不到媽媽，所以才嚇得哭了起來。」

「你看到泳池另一邊的那堆人影嗎？那是游泳班的小朋友和教練。男孩鬧了半天，寧死不游，可教練絕不准許他上岸放棄，結果只剩男孩在這池邊委屈地浮浸着，哭哭啼啼。」

「而你這個袖手旁觀的大人還趁機把鏡頭對準男孩，真殘忍啊你！」傑叔差點一拳捶進池水裏，激起憤慨的浪花。

「拍照只是一剎那的事，後來我也下了池，跟男孩聊了一會後，他才肯讓我半抱半捧的陪他游回同學那邊。當時那麼尷尬，我怎可能叫男孩一邊淒厲地哭，一邊讓我湊得這樣近，賞析他臉上哪顆是眼淚，哪顆是池水？還好有這張照片，我才有無限次機會，重溫當時不容許我仔細咀嚼的點滴。照片能夠對抗和打破時間的局限。」

「看一次不夠便看兩次，兩次不夠便看三次。只要照片長存，我們便享有無窮無盡的重溫機會，或者啊，甚至能從中溫故知新呢！」傑叔凝視泳池中央那帶反射着日光的水波，開始感到有點睏。

「照片的本身跟一般紙張無異，只要保管得宜，如無意外，它是可以長存的。因此，每當我們遇上值得記念的時刻，生日、畢業、結婚、大夥兒聚會、旅行……我們也要刻意地拍照，希望如此難能可貴的畫面，能夠隨照片存至永遠。愈難得的東西，我們愈怕失去，且我們深深知道，單是照片這物件長存，並非我們最終所願所求；我們希望的，是生日照上的人長命百歲，婚照上的人同偕白首，畢業照上的人大展鴻圖，聚會照上的人友誼永固，旅行照上的風光歷久不衰……我們把這些願望通通寄託到照片上，同時也讓照片給予我們提醒、鼓勵、勇氣和祝福，去珍惜照片上難能可貴的含意。這含意遠比照片本身更難長存。」涵也把目光從男孩的臉轉移到水中不知哪裏去，放放空。

「可惜啊，倘若婚照上的人離婚呢？或畢業照上的人一事無成，甚至生日照變成遺照，聚會照上的人反目成仇，那麼人們便也許不願再面對照片了。照片反成了一張符咒、一道瘡疤、一幅陰影，難怪經常有人撕照片、燒照片。照片啊，不再跟永恆掛鉤，而僅是過去多餘的剩物。可恨！可悔！」傑叔的膝蓋力有未逮，他抖抖的站起來。

「照片多無辜！」涵也離開池邊，準備收拾桌上的照片。

一張婚照，你覺得它賞心悅目，對它愛不釋手，那是因為你們二人情到濃時；同一張婚照，你現在反覺它礙眼揪心，對它避而遠之，那是因為你們二人此情不再。照片是伴隨我們生活的儀式品，我們借它來肯定或否定生活中某些意義的存在。對於這趟儀式，有些人總是後知後覺。合照中的另一人不在了，你才放大照片，數算他臉上的斑痣，識穿他門牙之間的罅隙，驚訝他原來曾經跟你如此開懷，或你從來只當他是個陌生人。我們心不夠清，目不夠明，於是把認知一切、認知自己的責任，通通推卸給照片，由它來擔當一場測試。我們盯住合照，問它，又問自己，照片裏到底所謂何事、何人、何情；照片的表面和背後，擁抱的表面和背後，哪樣才是鏗鏘的答案，哪樣早就生效、失效。照片的拍攝日期不過是某些意義萌芽或枯萎的一天，在那日期前，我們還欠缺一塊心鏡，只懂在鏡頭前糊塗。日子久了，照片愈放愈鮮明，光亮得終於能把它儲藏的光線，一口氣反照到我們的心上。那時候，我們才當頭棒喝，心清目明起來。

當一張照片的原意失效，它便變成一張過期的廢紙，隨便你撕它、燒它、刪除它。你撕它、燒它、刪除它，無非是為了讓自己感到果斷和堅絕，證明自己既然可以親手拍出照片，也就可以親手毀滅照片；照片不過是按你喜惡，被你用完即棄的紙張，你絕對有本事捨得它。撕吧，燒吧，刪除吧，照片如是，人情如是，你要當一位能主宰生活上任何儀式和決定的人。你要理智地相信，人情沒了，照片也不該在；你要天真地相信，照片沒了，人情便不會在。

照片不過是一塊被你玩弄和玩弄你的小魔鏡。

刪除照片，對你來說或許是家常便飯，但對涵而言，實在是一項大逆不道的妄舉，是禁忌。他自知是一名貪得無厭的偷光賊，難得世界慷慨無私地開放所有光線，讓他偷個夠，拍個夠，他自然感激至極，不但不敢私下刪掉任何照片，更會借不稱心的照片反省和學習，把它們當作實驗的材料。被收進小視窗內的光線，全是世界送給涵的禮物。這些禮物於茫茫人海中，只指定涵為唯一的收件人。他珍惜這份幸運，時常勉勵自己不要辜負這些禮物所寄予的信賴和囑咐。既然他謙卑地領受了禮物的情，就得把禮物好好保管，誰也無法動它們一分，別說刪掉它們。涵害怕報應，怕萬一把照片刪除，世界便生氣，刻意收起扣人心弦的光線，只餘乏味的俗光充塞他的眼睛。

他敬畏光線，照片是光線的標本，宜妥存，禁丟棄。

八

空調的寒流似乎感應到一個燥熱非常的軀體，正從治療中心的自動門大步闖來。這軀體不斷地支支吾吾，釋放出令人倒胃的口氣，教空調不得不增強室內的氣流，以沖稀陣陣腥臭。

「又是這個鬼地方，覆甚麼診？沒有醫生，沒有護士，連一顆藥丸也沒有。我早說這裏肯定跟眼科那邊有甚麼私人關係，雙方才會把病人轉介來，轉介去。還有甚麼辦法？不來這裏試試的話，恐怕連眼科那邊也會放棄我，真氣死人。」這位馬先生一邊自言自語，一邊掠過東區和南區。他早在乘地下鐵的時候，已熟讀覆診卡上的指示，絕不願在這裏蹉跎多一分一秒，因為他本來就認為來這裏覆診簡直浪費時間。

「西區就在前面，好吧，三十分鐘，時間一到便轉到北區，快快了事。」馬先生腳步一急，差點於西區的入口踏了個空。不，入口的地面平坦無陷，倒是馬先生以為踏了個空。自從他的視覺頻頻出現旋傾的現象後，他走路時便經常產生錯覺，前步一踏不穩，便感到整個心整個人也快要墮下到一處深坑，可怕得使他立刻伸張雙手，抓住旁物或作個平衡。他話多，也許不過是為了掩飾持續的忐忑和心慌。

空調的寒流幽幽地吹進我們的耳朵，告訴我們馬先生不曉得的秘密：西區的主題為城市與大自然認知障礙。我們看見馬先生被牆上四幕黑布簾包圍，猶如置身於詭計多端的機關中。馬先生一向來勢洶洶，乾脆先下手為強，一口氣扯開全部黑布簾，讓機關曝光。這樣速繞一圈，自然又害得他步步驚心，眼見西區的房間天旋地轉，還不趕快立一個馬步定定神？

「你說這是甚麼治療？一來便暈了兩次，就怕真的暈倒在地上也無人知曉！」馬先生佇在房間中央，四周沒有讓他扶靠的東西。他必須命令視覺和四肢捏好平衡，可他發覺身體愈來愈抗拒他的意思。

三十分鐘被罵走了多少分鐘？馬先生心浮氣躁地逼近一幅橫闊的照片，似要凶狠地威逼它說出甚麼真相。

照片上那隻伶仃的鳥兒果然乖乖就範，吱吱地對馬先生說：

「你們人類總是有一股劃清界線的癮。這裏原本四野無阻，空曠怡神。那天你們忽然勞師動眾，運來化學泥、鐵線圈和推土車，轟轟隆隆，嚇得我日夜只敢躲在樹叢裏，不響一聲。明明這裏一向渺無人煙，太平清靜，你們偏如小孩子玩積木般，忽然砌起這道又橫又長的圍牆，說它是哪塊地和哪塊地之間的邊界，用來分開哪批人和哪批人。地就是地，天空就是天空，海洋就是海洋。誰有生命，誰就能四處去，為何要受阻？你看，現在大好風景全沒了，這霸道又無聊的泥牆活生生地劏開了原野和風。我呆呆地立在牆前，只覺它又高又重，而牆頂的鐵線圈更劃花了豁朗的天空。如果這道牆不是為了阻擋我，那麼這裏根本沒有別的生命需要勞煩它；如果這道牆是衝着我而來，我只好拍拍雙翼，振翅高飛，遠離你們干涉的天地。」

說完，鳥兒依舊面牆而立。

馬先生向來有話直說，不喜歡拐彎抹角。照片毫無說明，又欠主題，實在考驗他的耐性。

「這是一條智力題嗎？要我猜一句成語，還是要猜出這頭傻鳥的下場？照片看起來好像兒童故事書的插圖，別跟我開玩笑了，我實在沒空破解這樣沉默古怪的謎語！這頭傻鳥來自哪裏？路這麼多，你偏要自找麻煩，找到這圍牆前，明知牆絕不會讓路啊！不屬於你的地盤，自然不會歡迎你這不速之客，別以為裝出一副楚楚無辜的模樣，就能博得我們的愛心。你們老是靠這一套走天涯，濫用我們對幼小的善良，處處要我們遷就和服侍，真為難！牆都老老實實地立在這裏了，你是不是還要我們為了你這樣一隻笨頭笨腦的小雀而拆毀它呢？你有的是飛的本事，外頭天大地大，何必執於這牆後的領土？飛吧，別再回來打擾我們！」馬先生一揚手，照片便在他的眼前旋側起來，使圍牆猛力地向小鳥傾壓，嚇得他連續退了數步，還差點把自己絆倒。

鳥兒頑固，屹立不搖。

「該死的鬼地方，真累死人！」馬先生愈是心煩意亂，便愈擔憂眼睛變本加厲，作怪更甚。他認為自己發脾氣是情有可原，照片該聽話，乖乖地當他發洩的對象。

「速戰速決吧！」他斥喊着走向另一幅照片。

這刻，我們得苦口婆心地提醒馬先生，面前這照片上的傢伙並不如鳥兒般溫馴，不好惹。

虎兄說：「虎弟，你多向鏡頭笑一點吧，別總是凶巴巴的。我們如今是主人的寵物，得裝可愛點，他們才會多餵一塊肉。你都知道，只有主人招呼朋友來開派對時，才會把我們放出來，跟他們左擁右抱拍個照。今天他們高興，還換上泳裝，讓我們跟他們一起下水，你就別要臭着臉掃興吧！多拍幾張，一會兒便有肉吃！」

「虎兄，我們為了數口肉，弄得現在虎不像虎，獸不如獸，成甚麼道理？這個游泳池又滑又斜，剛才跳下來害我差點出洋相，多失威！難道你的腿不癢嗎？他們到底加了甚麼化學品到這池裏？刺鼻得要命！鏡頭前這對富貴夫婦摟得我們親親密密，待會散場後即又把我們趕回那臭籠裏，日日夜夜防備我們，好像我們的獸性是先天的大錯。兄，我們哪有錯？獵吃是我們的本能，我們就只懂把獵物噬得血肉模糊。怎麼現在這對夫婦硬要糾正我們的習性，還以為能這樣好好管束我們，便高人一等，尊尚無比？拜託，你瞄瞄他們得意洋洋的表情，我真想一爪撕爛他們虛偽醜陋的臉皮！」虎弟的肉掌於水底滑了一下，癢得不得了。

「別動手！你一襲擊他們，他們便說我們造反，說我們獸性大發，說我們忘恩負義，借我們的獸性來把罪名加到我們身上！你忘了籠子外那兩把獵槍嗎？你動他們一分，我保證他們立刻撲去拿獵槍射殺我們，絕不留情！」

「兄！虎可殺，不可辱！我早知道他們對我們無情可言，但你看他們正把手搭在我們身上，當我們傻寶寶般，噁心死了！難道他們一點也不心虛嗎？說不定他們現在其實怕得要死，恐防我們殺他們一個措手不及！那兩把獵槍，哼！我當然清楚他們的居心，要我們日夜望見槍，無非要威嚇我們，教我們聽話，真是卑劣的手段！兄，不如我們計謀一下，早日逃離這鬼地方吧！」

「先笑一下吧！派對快完了，我們回籠後一起想想。」

夫婦和虎兄弟對馬先生笑得合不攏嘴。

「不錯不錯！這兩頭老虎比那隻傻鳥識趣多了！難得有人收養牠們，三餐無憂，不用在野外四處流浪，你追我殺，風吹雨打多不好受！這對夫婦也真夠善良，居然冒着被老虎襲擊的風險，挺身把牠們從外頭凶險的世界拯救回來，還無私得視牠們為家裏的一分子，真是這對老虎莫大的福氣！傻鳥呀傻鳥，你得學學老虎，既然加入了我們的地方，就得聽教聽話，對我們忠心耿耿，不然你永遠只是一隻無主孤魂，終日到處誤打誤撞，朝不保夕，何苦？如此簡單的等價交換，你怎麼就是不懂？唉，鳥就是鳥，沒出息。還是這兩頭老虎懂事，連對着鏡頭也毫不鬧玩，一點兒沒丟主人的臉，逗得他們神氣又驕傲，真是一對值得寵愛的活寶貝！我自問膽小，即使家裏地方足夠，也信不過老虎，怕『養虎為患』呀！人們都說『伴君如伴虎』，要我天天真的伴虎，我才沒這對夫婦般偉大！我這種凡人——」

虎兄和虎弟一聽見馬先生說牠們的是非，便禁不住要給他一點顏色。牠們並肩而躍，翻身旋跳起來，直向馬先生的壞眼睛亮出致命的鋒爪。馬先生「啊」一聲，屁股壓在地上，以為落力地搖頭，便能搖走老虎的威脅。幸好夫婦見狀，立刻命虎兄弟不要失禮，馬先生才又穩回腳步，昏昏怕怕的站起來。

「作甚麼威？還不是兩隻聽從指令的毛玩偶！快回去舔主人的腳趾！」馬先生怒氣沖沖，頭也不回便背向老虎，昂然地朝第三幅照片走去。

「別飛過來！」

「你撞到我了！後面又來一隻？」

「這裏很悶熱，我們是在等死嗎？」

「你們也是剛從那些繁殖碟飛出來嗎？這房間太擠了！逼得我眼花繚亂！」

「這人為甚麼穿上全套保護衣，好像很害怕我們？明明是她一直在桌上埋頭苦幹，把我們養出來的。」

「別吵了！我們現在大難臨頭，快點想辦法逃生吧！」

「甚麼大難？這人剛用吸管在空中抽了兩下空氣，是要竊聽我們的説話嗎？」

「誰會在意我們的説話？這人日以繼夜地用捷徑把我們大量大量的養出來，只是為了看看我們能否幫上一個大忙，為她製造甚麼再生能源！她又舉手了，閃開！」

「再生能源？誰再生呢？是我們嗎？我們能不斷復活嗎？那倒不是甚麼大難，是福大命大呀！」

「你是不是因為由奇怪的捷徑養大，所以連腦袋也不夠健全，痴痴迷迷？她渴望能源可以無限再生，用之不盡，而為她提供如此能源的，正是我們死不足惜、死了一條便再養另一條的低成本賤命！能源耗用得愈多愈快，我們便死得愈多愈快，桌上那些冷冰冰的繁殖碟便把我們的後裔養得愈多愈快，養我們是為了殺我們！」

「你又撞到我了！飛來飛去，這房間根本沒方向可言！」

「她用能源是她的事，幹麼要把我們搞得亂七八糟？我們又沒有享用能源的分兒，為甚麼偏偏看中我們？說甚麼『再生能源』，聽起來仁慈大方，還不是要我們這族羣再死後又再死，沒完沒了，彼此填命來填滿她的能源庫！這些噁心的繁殖碟根本就是她的加油站，是預設給我們的墳墓！」

「她人這麼龐大，居然要靠我們這些拍翼也不響的小昆蟲來完成大計。她該感到羞恥，還是我們該感到驕傲？」

「她已經把我們的生死玩弄於五指中了，你說誰驕傲，誰羞恥？」

「既然我們遲早死在她的手上，為何我們現在還要這樣吃力又驚慌地亂飛一場？乾脆一起伏在牆上歇歇算了。」

「飛是我們被犧牲前最後的自由和掙扎！雖然我們來自繁殖碟，但我們仍然擁有生命力，可以鍥而不捨地圍繞這巨人抗議示威，讓她看見一點一滴的能源，正是來自曾經漫空飛舞的小蟲兒！」

「笨蛋！難道她不知道嗎？你的腦袋才是最不發達！」

馬先生瞧見滿幅斑斑點點的照片，駭然以為眼睛又在耍脾氣，教他不禁連忙眨眼，可那些斑點始終附在照片上，像過於熱鬧的繁星。

他唯有壯大聲線，故裝冷靜，以為只要自己不覺得眼睛有毛病，視覺便真會恢復正常。

「還是我們人類神聖無比，靠智慧、毅力、決心、耐性和信念，把科技推向尖端。如此一位不辭勞苦地躲在實驗室裏的幕後功臣，簡直是造物主的最佳助手，也是促進人類發展的巨輪！你看，造物主實在造了太多無用無謂的物種，像這羣只懂盲目亂飛的蟲兒，除了煩人，還會甚麼？幸好這位研究英雄替造物主想出了一點新主意，以量取勝吧！一隻蟲兒煩人，萬隻蟲兒卻可救人！把無用的物種扭轉成人類的生機和希望，物盡其用，才不會浪費造物主的心血！這堆狂妄無知的蟲兒啊，我們用心良苦，為你們脆弱的生命賦予深重的意義，你們感到光榮嗎？雀躍吧？別只管圍住研究員團團轉，也千萬不要向我飛過來，不要！」馬先生走為上着，不等眼疾發作，也不等蟲兒破紙而出，便鼓足幹勁繞至西區最後一幅照片。

照片上那隻猩猩寶寶望見馬先生後，難免感到有點失望。牠以為猩猩媽媽回來了。

「你就是人類嗎？我的祖先也是你的祖先嗎？你長得跟我的媽媽不大相似，可是看上去依然跟我和媽媽有點關係。媽媽死了，我也死了，我們走投無路，你知道為甚麼人類要這樣對我們嗎？我們家的森林，被你們一株一株的快速地砍掉所有樹木。媽媽沒吃的，沒住的，生了我不久後，也就自身難保，垂死去了。我還有甚麼辦法？

現在才把我捧回這方方的醫療室也太遲了。這片綠得奇怪的布墊，這頭光得發白的射燈，還有這幾位高大的人類……我不要死在這樣陌生怪誕的地方。這幾個人都被眼罩、頭套、手套和保護衣包裹着，是因為珍貴的生命需要格外的保護嗎？看我躺在你們的眼前，毛茸茸的，沒有甚麼見不得人。如此赤裸和原本的我就這樣失去生命，結成一尊硬邦邦的屍，吸引你們憐憫和遺憾的目光送別我。如果我早知道祖先會發展成如你們的人類，我一定不會讓這樣的進化崩壞下去。你們保護了自己全身，卻保護不了我和媽媽；你們懂得治理動物，卻又懂得破壞樹林。我實在討厭你們假慈悲的目光，明明無辜無助的是我和媽媽，明明罪魁禍首是你們！穿着天使制服的惡魔，你們欠世界的債愈來愈多了，我和媽媽的生命也在其中！」猩猩寶寶瞪着呆鈍的圓眼，死不瞑目。

多少分鐘在馬先生和各張照片之間淌過？小鳥無意計算，老虎心中有數，小飛蟲未來得及感應分秒的擺盪。他聚精會神地凝望手術墊上的猩猩寶寶，自覺於人類的歷史中往返了一趟，在分鐘之間。

「這照片拍得真有意思，多少代同類聚首一堂，猩猩寶寶居然獲人類親手接生，而明明人類正好來自猩猩這始祖！我們以進化後的生命來迎接祖先原始品種的新生，這是一圈多麼遠又多麼近的循環和交替！不容易，不容易，我們真的邁進了很多步，從這頭渾身是毛的小野嬰，從荒蠻到文明，到醫學和科技，到這小野嬰身後的各位醫科精英，我們總算沒行差踏錯，沒走歪路。小野嬰獲我們這樣優越的『親人』恭迎到這世界，該感到非常安心和自豪吧！我不是自誇，我們確實從不忘本。我們經年歷代地進化了，小野嬰這品種倒一成不變，難道我們就對牠置之不理嗎？我們還不是傾盡修學所得來看顧這笨拙的小生命？你放心降臨這世界吧，這裏有我們，比祖先遠遠那年代好多了！」

九

週六一大清早，聶朝氣勃勃地獨自返回治療中心，準備收拾攝影行裝，好好跟涵來一場充實的攝影約會。治療中心逢週末休息，難得涵於假日仍把聶放在心上，邀他同遊剛開幕的大型藝廊，這位助手當然記得工欲善其事，必先利其器。助手室裏的擺設和格局向來凌亂，可聶偏偏喜歡這種「作戰中」的狀況，催誘他時刻也歇斯底里地埋首工作。相機的電池、後備電池和充電器躲在茶几下，鏡頭的抹布和吹塵器該被丟到電腦屏幕後？伸縮腳架早摺得整齊，塞在行李箱內側剛剛好；記憶卡還是多備三張，正面和反面教材也得通通學習。反光板和感應燈要嗎？藝廊裏的燈光照理也該夠均勻，除非某些特別的多媒體裝置偏偏花樣多多，以燈效為趣，那麼拍起照來便有點麻煩。反正行李箱未滿，有備無患，免得到時候才四處張羅這樣那樣。

週末的免費公眾活動自然人山人海，幸好涵先跟聶約在藝廊下坡那所便利店，順道買點喝的。

果然如涵所料，聶拖來一個硬殼的專業攝影行李箱。這及格的助手汗流浹背地半張着口，一邊爬坡而上，一邊向涵揮手。

「我該沒遲到吧？」聶氣喘吁吁地問，又把那隻拉行李箱的手前後伸展了一下。

「東西都帶齊了嗎？」涵向助手遞上一瓶濕冷的礦泉水，忍住不笑。

「標準的裝備都在，當然你的——」聶剛才遠看涵時，不察覺甚麼怪樣，這刻倒發現涵的肩上少了那件常在的東西！「你的相機呢？你打算借用我那部嗎？但我的——」

「我們今天不是來拍照，上去吧！」涵喝了一口冷水，把頑皮的笑意吞下。

「甚麼？你不是約我來學習拍攝藝術品嗎？那藝廊不是邀請我們為作品拍攝特輯嗎？我早準備——」

「我帶你來不是拍照，而是看別人拍照，快點吧。」沒有相機傍身的攝影師走得格外輕快，可憐聶一頭霧水的跟在後面，還要「拉牛上樹」。

「是哪位大師在現場拍攝？我們可以跟他打個招呼嗎？」

藝廊引來許多好和壞的眼睛，眼睛時快時慢，或近或遠，帶領腳步探訪素未謀面的藝術品。除了眼睛，觀眾實在沒有別的指南引導進退的方向。於是，眼睛成為最忙碌的器官，馬不停蹄地吸收各處的誘惑：雕塑偌大而光滑，中空的洞穴正好透來閃晃的人影；陶瓷與世無爭，安靜地睡在玻璃櫃裏寧神養氣；手織的布幅以纏綿的繩結勾勒海岸線和赤道，而小彩磚則以邊貼邊，拼成舊電視上的格紋卡通人物。藝術品以一迎百，定定地招架雙雙眨個不停的眼睛。它們不比眼睛輕鬆，駐守於此，無非希望跟預計不來的知音嘗嘗一面之緣，好趁知音留步之際，彼此坦誠對望，答問都在一刻中了結，或待續。對於過目即忘的人，藝術品不屑挽留；鑑驗得過分詳盡的人呢？請不要為難藝術品吧，它們會害羞起來。

雖然聶那行李箱的滾輪有點吵耳，可藝廊裏的觀眾似乎全被視覺主導，聲音應該不足以牽動他們的神經。涵和聶順沿較為明顯的一道人潮緩行，沒有急着逼近藝術品的意圖。

「我們要去哪區找那位攝影大師？他到了沒有？」聶謹慎地把行李箱拖近自己的腳跟，免得它絆倒旁人。

「到了。」涵四顧張望了一回。「眼前的人不都是正拿着電話對藝術品拍照嗎？我們要看的就是他們，你多留心點。」

後面的人得寸進尺，屢次脅逼聶加速前行；前面的人又爭相堵在一幅橫逾三米的山水畫前，使聶實在騰不出足夠的耐性去判別涵到底是在說笑，還是真的別有用心。

「他們？他們不過是用電話隨便拍拍，怎能跟我們的攝影器材相比？該是輪到他們見識我們的伎倆才對吧？」聶並非故意在涵面前囂張起來，但他的確無法甘心，這趟攝影約會的學習對象居然是普羅觀眾。

「你有沒有看到他們拍照拍得非常賣力？」涵被右旁的人羣擠了擠，索性用手勢提示聶退往人羣的外圍。

「賣力得幾乎如打架般，連身子也不顧。」

「你多看一會，看看他們拍照前後，花了多久用眼睛欣賞那件藝術品。」

「他們能看多久？趕得及拍下照片已算走運，後面的人潮催得要命！」

「這就是可惜的地方。他們抱住『拍了當看了』的心態來對待這裏的藝術品，仗着照片能讓他們離場後重溫一切，於是現在便先走馬看花，以為這樣『高效率』的體驗便利了生活。速來速回，但往後還記起照片的究竟有多少人？」涵敏捷地拐至一幅被冷落的小型山水畫前，歇歇腳。

「這裏似乎沒有人流管制，要停步靜觀作品實在不容易。也許人們也是逼不得已，才選擇以拍照這樣折衷的方法，代替肉眼欣賞作品。」轟伸伸脖子，往外一看，才發現人羣中最忙碌的不是眼睛，而是鏡頭。

「從前的藝廊一般不許拍攝，所以即使人頭湧湧，人們也會耐心地等候時機，為自己安排最能靠近各樣作品的路線。不管多繞幾個圈，重複折返，也決心於離場前讓眼睛飽覽個夠。他們只能把作品寄存至眼睛和心裏，而沒有照片當作品的替身。」

「現在拍攝功能於智能電話十分普及，藝廊容許觀眾拍照，使他們安心地以為『拍了當看了』；人流來得快，去得也快，藝廊攬盡多倍入場人數，更可借助觀眾於網上轉發藝術品的照片而增加藝廊的知名度，真是非常商業的策略！」趁那幅橫逾三米的山水畫前稍有空位，聶即跟隨涵重投人流。

「水能載舟，亦能覆舟。拍照的原意是讓鏡頭擔當我們的第三隻眼睛，讓我們能隨時從照片回顧過去，補充拍照現場遺漏或遺忘的。可是，你看現在這場面，雙雙肉眼都直接被第三隻眼睛取代，人們乾脆摒棄現場的視覺，旋風般到處用鏡頭『集郵』了事。鏡頭吞噬了肉眼的愉悅，而藝術品根本無從打進人們的眼睛和心，只是不斷地被鏡頭這部影印機複製到各人的電話裏。」涵終於如願挨近山水畫角落的一片荷花池，他替自己的眼睛高興。

「他們看見我們只用眼睛看畫，而不拿相機出來替畫拍照，會不會覺得我們很笨，空手而回？」聶剛瞥見前方一部電話的鏡頭，居然把山水畫裁得七零八落，照片看起來簡直跟原畫是兩回事。

「空手而回的大概是他們吧。來，湊近點，看到這輪用毛筆的分叉牽出來的漣漪嗎？畫家故意借筆的毛隙，時疏時密地透露紙張的底白，使漣漪看起來輕薄蜿蜒，差點要浮溢出來的樣子。這種閒逸、寫意、和諧和清新正通過我的雙眼穿透到心裏，比起只以照片作記錄，這畫更值得跟我產生親身的連結，豐富現在。即使旁人在這畫前亂拍一通，把照片帶回去後，照片也不能在他們眼前勾起甚麼具體的感受，因為這些照片根本沒有過去，因為這些人跟這畫的共同過去全是空白虛無。他們浪費了跟這畫共存的現在，直接用鏡頭把畫託管至以後。這樣的話，所謂畫的以後就只會跟現在一樣陌生，不管把照片重看多少遍，這些人也無法記起親眼望見原畫時的任何感覺，空心而回。」

「這樣的照片豈不是跟場刊內的官方藝術品照片沒分別？這些人倒真是白忙了一趟。」一多得涵提醒，聶慶幸這刻眾人皆醉他獨醒。趁下一波人潮未至，他儘量把自己釋放到山巒之間的雲霞中；雲霞如一灘若漫若收的灰水，對環環山巒難捨難離，以輕制重。

「對他們來說，今天可是大豐收的日子。他們根本不是為了好好欣賞作品而來，而是志在收獲現場各式各樣的照片後，把照片發布到網上，對外宣稱和證實自己有分參與如此受歡迎的盛事。他們忽略了個人於現場的體驗，只管為了外界的目光而製造大量看似了不起的生活『憑證』，那不是自欺欺人嗎？照片本來是拍攝者的個人回憶，能夠反映那人於某刻的實況，但這裏的人偏偏看重和濫用照片為『現實的包裝』，結果照片依然是千真萬確的照片，但這些令人羨妒不已的包裝之下，這些奔波不息的鏡頭之後，是不屬於任何人的虛浮和機械式的現實，跟照片上的藝術品絲毫結不上甚麼回憶的根。」

「照片本來是現實的複製品，現在照片倒成了現實的代替品。人們以照片充撐生活，又以照片掩飾生活，總之一切以照片為準，為公認的『真』。照片為先，個人的生活體驗和回憶為後，大家為了獲取照片而生活，而不是為了記念生活而拍照。那麼照片算不算喧賓奪主？這樣是不是叫作照片霸權？」聶瞄見涵朝畫上的奇石看得出神，也跟着探索石面上如珊瑚洞紋的筆法，到底源自多少腕力、墨水和修為。

「我想這不全是照片的錯，而是大家捨難取易的結果。不是每個人都有足夠的努力、幸運、本事和機會去把生活過得好，也不是每個人都能如我們這樣謙卑和耐心地敬賞這幅畫，於是大家借手到拿來的科技來耍小聰明；開鏡頭、對焦、按鍵，不，他們的電話大多懂得自動對焦，更省工夫。如此輕而易舉的步驟，便能製造代表『活得精彩』的標準照片，達標，跟大眾看齊，對外有交代，誰還會大費心力關懷現實中的自己過得好不好？即使不好，單靠好體面的照片也足以說服別人和安慰自己，『我的日子也有好的時候』。對這些人來說，照片簡直是一股既善良又邪惡的力量。」涵深深懷疑畫上的奇石形狀詭誕驚異，該不屬世上之物，而是畫家聯想出來的。

「所謂『一張照片勝過千言萬語』，這些用來包裝生活的照片，跟拍攝者現實生活之間的距離，真是千言萬語也說不清，填不完。相機？也許是說謊機才對。」

「對於吸採進來的光，相機並不懂得去求證、審判或猜疑。它不過是一部依循物理運作的器具，不論你用它來拍下裸照、犯罪證據、血腥的場面等等，它一概無動於衷，照單全收，不表態。相機沒有內置的價值觀，只有外置的主人。如果主人要相機幫忙說謊，那後者是不知者不罪而已。」涵嘗試撤至山水畫的遠處，希望再次概覽畫的全景，染上它發射出來的氣度、風韻和傲骨，可是他和聶早已被嵌進人潮的漩渦中，絕不可能突圍而出。

觀眾如行軍，眾志成城地踏着雀躍的步伐，巡視迂迴迷離的藝術陣地。他們的視力正常與否也不大礙事，反正要向四面八方對焦的是他們手中的鏡頭。鏡頭是一支備有無限顆子彈的手槍，儘管瘋狂地對外瞄準或掃射吧！射程遠近不拘，遠的時候可把目標放大，近的時候乾脆把自己的臉龐湊近目標，一起受靶！畫作、雕塑、瓷器、塑膠模型和銅具屏息忍受槍林彈雨的來襲，按捺住讓油彩不淌，表皮不裂，靈魂不碎。只有涵清晰地看見它們身上隱形的千瘡百孔。

「前面好像很熱鬧呢！我們要跟着去看看嗎？」聶於一幅以竹枝紮成的國旗前大聲喊問，行李箱緊隨其後。

「我們現在被擠成這樣，還不夠熱鬧嗎？」

「他們一窩蜂的突湧上前，應該有些大看頭，我們別輸蝕！」聶逼在涵的後面，半推半撞的要他就範。

涵早清楚在前面等着他們的是甚麼，場刊裏重點介紹過，連網上關於這藝廊的照片，也離不開這千呼萬喚的鎮廊之寶。他不怪聶沒有為今天搜集齊全的資料，無知是驚喜的種子，無知是企圖的漂白劑，讓這一無所知的攝影助手坦然地碰見一切吧。

「骷髏樹人」比四個成年人加起來還高，枯竭崩蝕的枝椏是它左半外露的筋腱，雜亂多端的樹根自然是神經和血管；胸骨為粗藤，頭顱由多個松果砌成，所有結構於左半的骷髏表露無遺。右半倒內斂得多，用白千層的樹皮來蔽體的樹人，如蛇脫皮，於地上灑下不合季節的皮屑。它保持一個走路的姿勢，還用右手指向前方，彷彿要在全身萎成骷髏前，趕抵所指之處。半人半骸，還是不是一株完整的樹？

「嘩！這是甚麼傑作！太誇張了吧！很宏偉，卻其實樸實非常，沒甚麼複雜的修飾，厲害！」聶於重重人圈中仰頭覽看那快要貫頂的「骷髏樹人」，後方的觀眾見他駐地不移，當然伺機超前，搶佔拍照的吉位。

「這樹人具備多樣品種的部位，是徹徹底底的混血兒。」涵跟聶並肩而立，刻意漠視旁人爭先恐後的來勢。

「它根本就是這裏的景點！你看，陳列在附近的畫作全都無人問津，人們只管堆在這樹人的影子下拍照，還跟它做出同樣的姿勢，一起指向那方，多趣怪！」沒有等到涵的指示，聶不敢貿然加入樹人下的人羣。

「你叫它作景點，是再也合適不過。那麼你認為這些人的照片中，誰才是主角？誰只是背景？」涵凝視白千層又乾又薄的外皮正被空調吹得欲掉欲裂，真想立馬找一桶水來澆向它。

「那當然是……那要看看照片上有些甚麼。如果只有這樹人的話，那麼它當然就是主角；若樹人以外，還有另一個甚至多個明顯的拍攝對象，例如相機的主人或朋友，那麼照片的主角便換成是他們了。至於樹人則變成背景？抑或也是主角之一？」人羣中的相機高低不齊，時而遷就樹人的高度，時而等待遊人的笑容，教聶無法一時看穿，鏡頭內外，誰才是真正的主角。

「所謂景點，就是一景之點，憑它自身的來歷、美態、精神、靈魂和故事而獨當一面。它不會因為欠缺遊人而衰敗失色，也不會因為受着萬人景仰而添脂施粉；它的光芒本來就是內存的，自給自足。這些人專程來叨樹人的光，當然是它的光榮，可這也同時催生出他們的虛榮。你看，有些人落力地想方設法，要把整棵樹人包攬至小視窗中，又有些人嫌小視窗還不夠逼，乾脆把半張臉硬塞到鏡頭前，跟樹人的半條腿、半截腰或渺小得可憐的松果頭合照。其實誰當主角，誰做背景，根本沒有對錯之分。你愛把甚麼放到小視窗內當眼的位置，甚麼便成為照片的主角。這是構圖的法則，但構圖以外的拍攝企圖和心態呢？很多人寧願全神貫注地盯住小視窗或電話的屏幕，把照片審驗個夠，也不多花數刻多看樹人一眼，一心只想着拍出好照片來四處炫耀，借樹人的光芒來使自己耀眼起來，以換取別人羨妒和關注的目光。當中更有人趁保安員看漏眼，竟不顧警告字牌，擅自對樹人又摸又挨，就是為了要擺出與眾不同的姿勢，跟他人的照片爭妍鬥麗。口口聲聲說樹人是城中景點，必訪之物，其實必訪即必拍，景點即道具、棋子和手段；不論是樹人的獨照或是它跟遊人的合照，通通只是被人們利用來宣稱自己正活躍地躋身於潮流中，是品味和修養的證書。修養？對樹人的尊重呢？對樹人的欣賞、讚歎和感激呢？了解它多少？它象徵甚麼？人們俐落地全把這些省略，只從這裏劫走樹人的剪影。」涵這刻認為樹人的右手指向藝廊的出口，正是象徵要趕這羣膚淺的人離開。

「也許對一些人來說，景點的價值不全然在於你所說的甚麼來歷、精神和故事，而是它能如何襯托照片中的人，以滿足他們拍照的目的。譬如說，那些拍攝婚照的熱門景點，城堡呀，天涯海角呀，鐘樓和教堂等等，都是因為能呼應婚姻這主題而被情侶選中。即使他們對這些景點一無所知，只隨波逐流到當地拍攝婚照，景點盡了它的責任，伴在新人旁邊，構成預想中的畫面，便已教二人滿足歡喜。」聶剛剛瞄見一位婦人正到處拜託別人為她跟樹人拍照，他正想上前幫忙，一名戴漁夫帽的男人卻捷足先登，接了這項差事。

「你知道嗎？被拍進鏡頭的景點都很小器。只有跟那地方擁有實在回憶的情侶，或花過心神感受那地方的新人，才會獲得它誠懇的祝福；那些盲目地把景點當作布景的戀人，通通不會甜蜜太久。」涵希望擠近一點，探看骷髏那邊根莖張爪的氣魄。他求樹人施出引力，把他拉過去。

「哈哈！難怪你好像從不接受婚照拍攝的工作。」聶略略數算，於樹人下的人羣中，忙着舉機拍照的情侶至少有十多對。「別説婚照，這裏的情侶連拍一張合照也不容易。既要顧及樹人的角度，又得儘量把別人撇除於鏡頭以外，真艱難啊！」

「我敢保證，他們現在拍的照片，沒多少能真正讓你看得上眼。於一張照片的構圖來説，主角不宜過多，我們拍的不是那些明星總匯的電影海報；入鏡的人太多的話，難以確保他們能共同呼應照片的主題。除非他們表現出一致的意味，否則眼前這雜亂的人海一旦被攝進鏡頭一角，甚麼獨照合照也頓時變得礙眼，好像那角永遠沾上汙漬似的。如果這裏的人把樹人當成背景，讓自己做主角，那麼這場地的空間肯定不足以讓兩者保持明顯的距離。你都知道，背景必須在主角的背面，以較為遼廣和均勻的畫面，把主角進一步推向鏡頭，使前後和主次的分野鮮明而和諧。可他們偏偏全都圍堵在樹人的腳下，以為位置愈近愈佳。不用我説，你也能猜到他們的照片是如何怪誕、滑稽和不符現實的比例。這簡直是對光線的一大浪費和蹂躪！」涵已暗自對樹人失去鑑賞的興味，他因此而歉疚不已。

「算吧，讓他們熱熱鬧鬧地樂在其中吧。我倒是在想，是不是正正因為他們為了拍照而忽略了讓眼睛和心吸收周遭的美學，對藝術品傳遞的價值觀一無所知，所以才使他們難以認知世界上的種種關係，弄得自己心濁目盲，終要向我們的治療中心求救，靠你拍的照片重新照亮他們。」雖然聶無意對涵拍馬屁，但他的確有點怕涵聽到此話後會不大自在。

「心濁目盲豈只因為錯過了這裏的藝術品？你還是趕快學好攝影，跟我一起為治療中心努力吧！」涵逆流而上，衝出樹人附近的人潮，向木刻板畫那處靜修。聶和行李箱當然沒有別的去向。

十

北區牆上的四幅照片早在等候馬先生，由於它們全跟他的過去有關，故涵預先安排莫姑娘揭開這區的所有黑布簾，無謂裝神秘。凡於這區展出的照片皆不會重複用於治療，且每次只針對一位特定的病人，畢竟身分和回憶認知障礙，只能靠個人的身分和回憶對症下藥。涵自問為了北區的照片捨棄了不少拍攝的創作自由，只因治療中心一直堅持，在療程中總該配製一些專屬每位病人的「藥」，於是他只好身兼偵探、跟蹤狂和攝影師，為病人到處採集良方。

馬先生的雙腿已經站得有點累，然而他並不大明瞭，到底在過去三十分鐘的「治療」裏，可有獲益過甚麼。這自然惹得他煩躁更甚，恨不得速速到北區亂繞一圈便走，反正根本無人於現場為他計時。他一邊擔憂視野隨時發神經旋轉起來，一邊按捺不住焦憤的腳步，往北區闖。四幅照片被故意印成小型，吸引馬先生非走近去看個清楚不可。

第一幅照片是那家歷史悠久的異國餐廳的正門。馬先生以為自己認不出來，又希望自己真的認不出來，始終他一直用心地避免再訪這餐廳。這餐廳是著名的求婚勝地，多少戀人於同一夥服務員的見證下，用戒指套住彼此的一生。那晚上，馬先生在餐廳裏候了很久，三番四次於電話中催促和埋怨妻子，吵得連服務員也面有難色。妻子因事遲來，坐下來後還未及解釋原委，馬先生又東一句西一句，把妻子責怪得體無完膚。鄰桌的女人剛接過一束聲稱有九十九枝的紅玫瑰，男伴即揚手讓服務員幫忙拍照。就在這服務員按下快門的一刻，馬太太鼓起比結婚時更烈的勇氣，默不作聲地站起來，離開餐廳和餐廳裏的馬先生。她的舉動安靜得使馬先生不當是一回事；她不守時，她不懂哄人，她不會道歉，她還發脾氣一走了之。全錯在她，馬先生哪有閒情把她放在心上？馬太太人走了，連離不離婚也不理，只剩下依然生效的結婚證書，長年混淆馬先生名不副實的身分。

餐廳正面的白色泥牆上，依然爬着豔桃色的藤花，跟那時候的季節一樣。木拱門沒有長高，應該仍恰好足夠讓馬先生進入，讓馬太太離開。他從照片中清晰地聽見餐廳裏一把刺耳的聲音，不，不是他把妻子罵得狗血淋頭的那段廢話，而是他老讓妻子開不了口、說不出來的委屈和抗辯。這是妻子當時種下的忍聲的種子，經過馬先生長年以追悔、懊惱和愧疚來灌溉後，這刻終於在照片上發芽開花，「卜」！清脆得使馬先生幾乎想動手把照片摘下來，撕開那矮小的木拱門，看看裏面還有沒有九十九枝玫瑰，妻子來了沒有，走了沒有。他又想敲打照片，乞求餐廳開門，讓他進內挑定餐牌上妻子最愛的菜式，然後以比服務員還和藹的笑容，隨時迎來勞碌的妻子。如果這刻眼前的畫面忽然又旋傾起來，馬先生一定非常樂意，隨這疑幻似真的漩渦回到餐廳那一桌，碰響那兩隻未被嚐過的香檳杯。

壞眼睛沒有如馬先生所願而發作起來，不管他盯住餐廳的照片多久，它依然僅僅是一張不動聲色的小型相紙，教他無奈又惆悵。那麼下一幅照片可會是妻子的肖像？

是近照嗎？我該還認得出她吧？馬先生忐忐忑忑地沿牆壁前行，趨近的照片雖然同樣細小，但他一眼便看出那個曾經伴他並肩同行的影子。

路邊一個綠色的郵箱頂着一襲肚滿腸肥的麻布大信袋，該是郵差剛把箱內的信件收獲到信袋內，然後等候郵政車折返，把他連人帶信送回區內的郵局。那個麻布大袋實在不好背，雖然馬先生已把肩帶調校至合適的長度，但八年來麻布的粗纖共磨蝕了他多少條褲子？秋冬乾燥，麻布袋有時候連馬先生的手腕也不放過，一擦便紅得脫皮。他背着這個毫不溫柔的大袋收信派信，偏偏它愈重愈使他安心。我們都明白，馬先生總愛說個不停，難得人們仍然願意以信託話，他當然肯多管閒事，親自擔當信件兩頭的傳話人，好讓人們繼續保持對話和交往，使這城市到處喋喋不休。即使他無法八卦每封信的內情，單憑信封上的顏色、圖案、貼紙、筆跡甚至繪圖，他便認為自己能大概猜中寫信人的目的和語氣，然後於派信至正確的信箱一刻，祝福信件如願以償。

現在馬先生同樣從事關於對話的工作，可他只是整天瑟縮在電腦前，忙着於電話中跟股票客戶確認買入賣出的價錢和股票編號，多餘的說話不許，以免一不留神，股價便把整個市場戲弄個夠。他提起電話，又掛掉電話，手指觸及的和眼睛注視的不外乎由「0」至「9」之間所組成的一切。至於「0」至「9」之間所言何物，足值萬億，馬先生倒沒法掌握個究竟。

他暗暗大膽地目測，照片上那個大信袋，至少該有四至五公斤，即他和同事俗稱的「微胖」體重。「微胖」信袋裏一般載有多少封信呢？那要看包裹還是普通信件佔多。這考起馬先生了，他的手指還記得明信片、銀行信和雜誌包裹的厚薄嗎？他還會因為手指沾上喜帖的金粉而覺得幸運嗎？他還懂得走區內那數條鮮為人知的捷徑，省省腳力嗎？不知道經他派遞的信件，可有成了甚麼好事，又壞了甚麼大事？他於照片前嘗試作勢做出背起大信袋時的標準姿勢：前膝屈曲，後腿拉後，雙手先撐起肩帶的中段，然後紮穩馬步，把肩帶頂起至右肩；雙腿站直後，雙手才放開肩帶，讓整個信袋的重量，種在挺起的肩膀上。他曾經每年接受郵局的職業安全考核，現在示範起來，果然自然得幾乎如身體的條件反射，無可挑剔，連他自己也嚇了一跳，以為照片對他施了甚麼邪術。他拍拍右肩，肌肉依然明顯地較左肩厚實，這是千言萬語的重量所造成的，他為此驕傲。

北區彷彿把時間的痕跡減退了不少，使馬先生沒有十分計較在這裏花費的分秒。從眼睛穩定的表現來看，他逐漸認同這裏或許真有治療眼疾的功效，可更讓他在意的，倒是這裏偏偏收集了他過去的影子；它們幾乎如鋒利的把柄，循循善誘他落進一個預設的陷阱，要他束手就擒。是照片巧合地跟我的回憶重疊，抑或這區早有預謀，已把我的底細查得一清二楚？雖然馬先生說不上感到被冒犯，但他不得不懷疑和驚訝起來，這裏居然還比他更會把其回憶儲藏得有條有理，好像他得靠從這裏借來自己的回憶，才可重看過去，而他愈看愈上癮。

涵送給馬先生的第三幅小型照片，看上去一點也不花巧，不過是一幕較人高一點的灰藍水泥牆，旁邊無柱無梁。雖然水泥牆上沒有明顯的凹痕，可它曾經朝朝抵受馬先生的發球，並從不違反物理，乖乖地把球發回給他；一來一回，成千上萬，全是馬先生當郵差時的早晨運動。他愛打網球，可他會打網球的朋友不多——不會打的也很少——於是他只好獨個兒在舊居樓下那幅隔開花槽和電壓房的水泥牆前，輪流練習正手和反手接球，打夠四十五分鐘便上樓洗澡，準備到郵局工作。那水泥牆是一名非常誠實和專業的對手，不論馬先生打球時循規蹈矩、一時乏力或亂耍陰招，牆永遠不閃躲，磊磊落落地以牙還牙，連一點咆哮或氣喘的聲音也沒有。其實馬先生早洞悉水泥牆的回球反應全都千篇一律，通通在他的估算之內，但正正因為他連對手的招數也能掌握個透徹，才可借如此定期的訓練來滿足其操縱慾，鞏固對生活的信心和專注。如果人生不如意事十常八九，那唯一如意的，便是水泥牆彈球的力度和方向。

這刻馬先生簡直覺得北區跟他開了一個大玩笑，連這水泥牆也被找了出來，當治療的材料，他又怎能不奉陪到底，向這用心良苦的玩笑報上一抹佩服的微笑？這微笑還要用來答謝照片上的水泥牆，畢竟它風雨不改，每朝準時出現在馬先生的眼前，像伴又不像伴，讓他毫不寂寞地獨處。他彷彿又從照片裏聽見一些聲音，那當然是網球彈到牆上和地上的「噗噗噗」。如此按規律的節奏也順道帶領馬先生重拾按規律的心跳，「噗噗噗」。他多久沒做過運動？他現在的生活可有甚麼健康的規律？心跳長期被甚麼干擾得亂七八糟？即使他認得照片上的水泥牆，後者恐怕已認不出這位不大像樣的對手。他踏前半步，湊近照片，讓水泥牆把他看真點，同時叫自己望清楚從前敏捷無礙的身手。縱使他不大明白，為何那時候上班前，還要為了一個網球而奔波數千步，但他此刻竟然偷偷在腦內物色現在住址附近，哪裏有這樣一幅值得信賴的牆壁，重新向他反彈清脆的心跳。

如果一個人的回憶僅足以由四幅照片呈現出來，那麼馬先生已走到自己回憶的盡頭。他停步一驚，環視四壁，難道我的過去已經全部被陳列出來嗎？除了這裏的照片，我可有遺忘了甚麼珍貴或瑣碎的回憶？誰能提醒我？他實在捨不得踏近最後一幅照片，明明有血有肉地活過數十年，怎麼只在這房間繞一圈，便把過去的日子看過一遍？是這治療中心偷工減料嗎？還是我的記憶偷工減料？我再來覆診的話，還會安排我來北區嗎？我可不想等太久，回憶總是沒有耐性！

馬先生既期待又不忍跟第四張照片碰面。他以為經過先前數張照片的訓練後，讓回憶熱了身，現在應該可以一眼認出照片所指的過去，但這照片……這照片是甚麼一回事？遊人三五成羣坐在草地上，或野餐，或曬太陽，或放風箏，還坐享前方閃閃生輝的湖景。湖！是那個人工湖主題園區！現在都變得這麼熱鬧了！馬先生急不及待鑑看草地上那迎着人龍的小店。玩具水槍、泳衣、沙灘球、拖鞋、太陽傘……似乎沒有賣小吃和飲料？真笨！怎麼只賣這些乾貨呢？誰也知道這人工湖建在新開發的僻區，要到附近的食店，至少得走上二十多分鐘，才可在地鐵站買點簡單的來吃。如果直接在人工湖旁開設小吃店，肯定沒有不賺的理由！真笨！單是賣乾貨已招得這麼多生意，換成小吃店肯定不得了！真笨！馬先生當年早在人工湖區招募租戶時，不是已經跟租務部的主任巡視過這店的裏裏外外嗎？店前的外賣窗口、抽氣扇和排水管的位置、防油煙的牆漆，連店名和每半年的營運預算也獲批了，怎麼馬先生那兩位朋友偏在簽約前臨陣退縮，牢牢收起大部分租金和合約金？央求過，焦急過，數算過，馬先生始終無法於限期前繳付起碼的金額，唯有眼睜睜地讓別的租戶進佔這風光如畫的小店。

他現在眼睜睜地注視照片上的景色，原來這草地布滿遊人後如此朝氣勃勃，湖面於晴天時這麼耀目。這照片正好是當年馬先生參觀空店時，從那個外賣窗口幻想出來的景色。他還曾經站在那窗口前，於心裏彩排招呼遊人的對白：「今天喝甚麼？要吃雪梨消暑嗎？」他殷切地問照片。明明北區的空調沒有鬆懈，但馬先生居然漸漸感到和暖起來，連湖水反射過來的陽光，也讓他覺得有點刺眼。如果天天到湖邊開店，眼睛會不會受不住這樣猛烈的日光？還是現在長時間盯緊股票行的電腦更傷眼睛？股票行是替別人的生意賺錢，小吃店則是自己的生意，買入甚麼賣出甚麼都在自己的盤算之中，如水泥牆彈球的模樣。真笨！我該找一盤生意來打理，讓甚麼也由自己作主；即使偶有風險或虧損，怨自己失手也總好過被別人指指點點，頂多再發一個好球試試看。如何發個好球擊退這乾貨店？積蓄和朋友依舊不多，怕這些年來租金已漲了一截……預售餐飲券？跟湖上的康樂設施合辦套餐優惠？還是馬上兼教網球，看看學費能儲多少？這照片東望西望，怎麼看也沒理由不把這乾貨店改成小吃店。你看，如果照片上的遊人全都拿着我賣的小吃和飲料，不是更有興味嗎？在戶外活動久了，當然得為身體補充能量，但從外頭買回來的食物早放涼了，不新鮮，怎能跟現場小吃店的貨色相比？那些拖鞋和沙灘球大多只被用了數次便變成垃圾，多不環保！小吃倒實際多了……馬先生對住人工湖區的照片，彩排說服租務部把乾貨店轉租給他，「噗噗噗」。

十一

支援室堆滿今早送來治療中心的貨物和郵件，單是莫姑娘訂購的零食已有三箱，剛巧把消防喉下的空間塞滿。數十封郵件攤在工作桌上，合力淹沒電腦鍵盤和鍵盤上的一雙手。莫姑娘一邊拆信，一邊把信中那份治療問卷的答案輸入電腦。她承諾自己，多搞定兩封信後，便立刻撲至消防喉，撕破那箱印有薯片牌子的貨物，吮着手指大快朵頤。

「我訂的相機送來了沒有？」涵小心翼翼地側着身子，穿過支援室半掩的門。

「好像來了，你到儲物櫃下找找。」問卷的答案線明明只有兩行，可這位滔滔不絕的病人居然把答案延伸至背頁，逼得莫姑娘的指頭追個不停。

涵沒有急着搜尋新相機，反而往門後伸腰，要從最頂那箱貨物中掏出一包薯片。

「你別這麼討厭吧！等一會才跟我一起吃不可以嗎？總要趁我忙得死去活來的時候，在旁邊獨自快活！信不信我一腳踩碎你的新相機？」不知道是這位病人的眼疾所致，還是他寫字一向不潦草不成文，「遠」還是「違」？莫姑娘糊塗地把問卷遞開，又遞近，姑且當是「違」吧，句子也通。

「我不是要獨自快活，而是打算為你提提神，打打氣。」涵把一包薯片壓在滿桌的郵件上。「先休息一會吧，病人沒有催你。」

莫姑娘斜瞄着薯片，薯片還是問卷先呢？病人還是肚子先呢？

「吃吧！哪要想這麼多？」涵打開那包薯片，一股醬油味幾乎如香薰般，使莫姑娘的身心頓時鬆軟下來。

「我才不算是想得多的人呢！你沒有看到這些問卷記錄了病人多少的心事嗎？有些人總是執於思索四區的主題和分別，以為西區是動物百科全集，南區是演員的試鏡照片，東區是甚麼？」莫姑娘一手捏住薯片，一手翻查紙堆中的答案。「這裏這裏，這病人嚴正地查問東區的照片是在哪個國家拍的，連年份和相關的社會事件也要知道，簡直像個學者一樣！難道他怕我們偽造照片？」

「哈哈，在哪裏拍都一樣。如果你盲目得無法認知某種價值觀的話，即使相關的現象出現在你日常附近，你也會視而不見，而在別國的更不用說了。相反，如果你一直關心普世的興衰發展，絕不會對那些照片毫無頭緒。當一位新聞學者前，至少該懂得判別是非和感受惻隱之心。」涵草草推開郵件，乾脆偎坐在工作桌的邊緣。

「你先別這麼嚴厲吧，難得病人把這裏的照片放在心上，已經是不錯的進度。可憐我不知道還要花多久，才能把他們全部的感言存到電腦。先前有一份問卷還提到，病人有時候會因為生活上一些小事，而聯想起這裏的照片，甚至開始對攝影產生興趣，每天用電話拍的照片明顯多了。她想問，這些都是治療後的正常反應嗎？還是不在我們中心的預期之中？」莫姑娘吮淨指頭，以為這樣便不會把鍵盤弄髒。

「我只能說，這些都不是讓人感到意外的效果。不論是因為她定期從這裏加深對照片的認識和記憶，或是連她的思想也跟着照片潛移默化，影響她看待周遭的人事，都反映了她正開放地吸收這裏的照片。至於能否做到心清目明，根治眼疾，則連我也拿不出甚麼科學根據，但至少該沒甚麼副作用吧。」涵想一想，如果有病人因為看過他的照片而啟發出攝影的才華，絕對不是一樁壞事，可能還會隨時超越聶這傻子。

「說起副作用，大部分接受過北區治療的病人皆反映，每天在家或外出時，總免不了疑神疑鬼，覺得治療中心的攝影師——即是你會無孔不入地跟蹤他們，偷拍他們，使他們不安得猶如活在全方位的鏡頭下。有些病人還聲稱因而禁不住要刻意裝出異於平常的行蹤和舉動，以隱藏真正的自己。你說北區是不是令人又愛又恨？」薯片沒剩多少塊，莫姑娘轉身走到門後多拿一包。

「真冤枉，怎麼都把我說成是罪魁禍首？我不過是奉命行事，你都知道我為了遷就病人的作息、行程和習慣而到處奔波不停。除了他們本人，跟他們接觸過的團體、僱主和親朋也快要把我搞得團團轉，我才是應要申訴的人啊！難道中心就不可以多聘一位專門偵查病人的高手嗎？聶實在幫不上忙，而單是攝影我已——」

「你不是經常教聶，要拍出對象的靈魂，就先得全面了解他的外在與內在、過去和未來嗎？親身偵查和跟蹤病人，正好能讓你逐步貼近他們的靈魂，對拍出來的照片很關鍵吧？既然病人於治療同意書中，准許你以不干預他們的生活為原則，拍攝關於他們的照片，你何不就順勢拿他們當攝影練習，豐富自己的體驗？公器私用，你簡直身在福中不知福！」

「好吧好吧，你這張嘴用來應付病人好了，不用為我花唇舌，我也不忍加重你的負擔。」涵隨便挑一份問卷瞄瞄。「但關於病人偽裝行蹤一事，你還是得勸勸他們儘量放下戒心，做回自己，不然恐怕會搞亂治療，到時候我又得多負一條罪哈哈。」

「我這張嘴現在甚麼也不管，只會對付來勢洶洶的薯片。」莫姑娘索性舉起整包薯片，讓塊塊卡路里瀉進口裏。「對了，還有一個讓你公器私用的機會，就是有位病人領教過數次北區的治療後，居然希望私下聘請你為他尋親，看看能否找回不見多年的弟弟。念在你的分上，你接不接受這件委託，我也不會說出去。」

「尋親？饒了我吧！別再擴充我的身分了，我感覺到連我也快要患上身分認知障礙。你不用憋住，笑出來吧！小心噎住。」

「哈哈哈，好，我跟你說點認真的。」莫姑娘舔舔嘴角的粉末。「有些病人也許急於康復，或總是害怕眼疾發作時使他們措手不及，所以希望治療中心能把四區的照片複印成迷你本派給他們，就如派藥般，讓他們每天看三次也好，眼疾發作時拿出來看看也好，總之就是作傍身之用，也可當是護身符，定定心。你覺得如何？」

「照片治療的藥，大概不是照片實物本身，而是病人每回在四區裏，心無雜念地從初次碰面的照片上得到的領悟和自省。隨身攜帶照片本，不但間接地物化了病人從四區裏獲得的醒悟，還會使他們變得只會依賴照片實物的存在，而不懂把四區的意念無形地活用在生活上。他們會以為，只要照片隨身，自己便不用作出甚麼思想或習慣的改變，那不是原地踏步嗎？照片不是書本，他們不用如書呆子般，把它看得滾瓜爛熟。只要他們珍惜每次來中心的機會，靜心謙卑地打開自己，照片絕對有足夠時間，把『藥力』注射進他們的身心。不在中心的時候，他們得靠自己的決心來延長藥效，繼而使思想和價值觀變成自己甚至別人的藥，替一切撥亂反正。我們千萬別心軟，不然好心做壞事。」涵從工作桌走到儲物櫃前，找尋新相機的郵包。

「也好，那我也不用為額外的印刷費而苦索思量，迷你本的製作成本可不『迷你』呢！」

「新相機我先拿走了，你隨便替我在收貨記錄裏簽隻字吧。」涵一邊返回工作室，一邊拆開郵包。

「你這樣還不算是加重我的負擔嗎？真是！」莫姑娘一氣急，拳頭捶在鍵盤上，為問卷的答案迅增幾句「嘰哩咕嚕」。

十二

週日天清氣爽，涵自然興致勃勃，打算找一條陌生的山徑逛一趟，讓相機和眼睛享盡「無用」的風光。他絲毫沒有邀請轟同行的念頭，也許因為他曉得，一些路還是獨個兒走才最有興味。城市裏的山徑，不論是為人熟悉的或鮮為人知的，通通偏臥在城的邊陲；要踏足如此天然的綠色，非要轉乘三、四次交通不可。世上無難事，只怕如涵般堅毅不撓的偷光賊，一小時四十多分鐘的車程和船程，非常值得。從碼頭下船的乘客，有的背着沉甸甸的露營裝備疾速登山，似要搶佔最佳的駐紮地點；有的則悠閒自若地流連在碼頭的堤壩上，期待漁民把網一撈起，意想不到的蝦蟹魚貝便活活着陸。涵不趕，整座山穩重地候了他數百年，自然不介意他先花一會兒，觀摩壩上的漁民放餌收網，即劏即賣。

靠岸的漁船搖曳與否，視乎船的大小和重量。大的幾乎如貨船，實實在在的釘在海上，任浪推，任風撞，始終不動分寸；搖個不停的倒是那些纖纖的快艇，即使引擎全關，一波微浪也足以使艇左傾右側，難怪艇上的漁民半蹲半站，保持平衡。涵的鏡頭不得不佩服艇上健步如飛的大狗，牠們分頭行事，各自看管所屬的小艇，時而來回艇的首尾一眼關七，時而躍上鄰旁的友艇交換崗位，甚有默契和秩序。小視窗聰明，早料到大狗的職責不限於此。你看，漁民一把水靴踏到艇首的尖端上，隨後的大狗即擺着尾巴奔前幫忙。幫甚麼？當然借牠強韌剛勁的齒力，連拉帶扯的和漁民合力，一口氣把整襲魚網拖到艇上，收穫豐富便高吠數聲。這對人狗拍檔被框在小視窗的中心，連二者和快艇的倒影也恰好填補畫面的三分之一。即使艇身難免顫晃，人和狗又活躍非常，可相機的對焦功能實在敏銳，加上涵的雙手靜定無比，相信照片決不會有一絲矇矓。

堤壩的兩旁列着盆盆貨真價實的海鮮，不等漁民叫賣，途人已紛紛擁向地上紅紅藍藍的塑膠水盆，看海鮮是活是死。涵看海鮮前，先細察這堆對海鮮過分關心的客人。鏡頭見識過海洋主題樂園或水族館裏的遊人，如何殷切好奇地注視五花八門的海洋生物；出生地、生活的習性、獵食的對象、名稱的由來……通通教遊人着迷得難捨難離。這刻鏡頭前的買家同樣目不轉睛地關顧盆裏的海鮮，只是，牠們一旦被叫作海鮮，即頂多只能吸引買家留意牠們夠不夠肥美，生猛不生猛，體重會否超出買家錢包的預算。海鮮啊，你們一生最惹人關注的時刻，居然只在被選為食材的時候。如此隆重、現實、諷刺，涵當然同意將之收進小視窗內，趁買家位高權重地對水盆指手畫腳，趁他們的斜影黑壓壓的蓋在海鮮上，鏡頭稍稍縮後半步，避開烈日那束搶風頭的光，快門的吉時便至。

既然涵不打算把地攤的海鮮打包回家，那他只好抱持逛水族館的態度，徐徐地湊近地攤前的人羣。人羣或俯首，或折腰，或乾脆對海鮮瞅一眼後便轉身而別，誰也不及涵蹲得低。他要看的實在太多、太豐富，螃蟹雙眼之間乍隱乍現的泡沫、排排蝦腳參差不齊的步法、仿效蝸牛黏黏地移動的鮑魚、毫不習慣平躺着的大眼紅魚……牠們置身的空間，從滔滔汪洋一下子縮成淺窄的水盆，不管如何把水均分，似乎也不足以欺騙牠們，叫牠們以為環境動盪不過是短暫的事。

可惜相機從來只是湊熱鬧，它是一隻眼，不是一雙手；它可以瞄準光線，卻不能打擾現實的運作。如果涵夠豪邁，大可以把海鮮悉數買走，轉身便把牠們放生到海裏，順道給漁民第二次發財的機會，但他注定跟相機合而為一，只管儘量維持一副跟世界繫心、繫眼卻不繫手的姿態。他的手能觸碰相機，卻始終無力伸向世界，染指於鏡頭以外的領域。我們判涵無能，他也不否定，他的全能只凝聚在那雙捏捧相機的手裏。手先引逗水盆裏的海鮮擠進小視窗的前景，然後不忘把背面的大海一同拉進來，使海鮮的新居和舊居相映成趣，或成哀。涵的手還要做甚麼？不妨微微調細光圈，待水盆裏日光的反照和海面上的一樣閃耀時，再把相機托低一點，連盆邊的地面也補上；彈指之間，涵能做的都不遺餘力地做妥了。

如果永遠只對世界眼看手勿動，算不算參與過這世界？還是只是一種無關痛癢的孤僻的存在？

沿粗糙的斜道登山，涵瀟灑地撇棄碼頭的人煙，獨自深入叢叢翠綠中。幽淨的空氣除了擴開胸腔和肺部，瞳孔和微笑也自然被撐展開來，彷彿周遭正源源不絕地向涵灌注百利而無一害的能量。葉蔭為綠，枝椏呈棕，雖是幕幕尋常不過的畫面，順眼非常，然順眼不是因為我們看得多，看慣了，而是純然由於如此景貌沒有混雜人為的加工，僥倖地逃過諸多礙眼煩亂的修飾，使其本貌、本質、本性和本義得以全然保留下來，大方地裸露在我們眼前。這樣純粹的風光，最好以純如小孩的心去貼近和認識。樹根旁數頂傘狀的菇菌白中帶啡，單靠一支幼幼軟軟的短腳，便撐起整朵圓鼓鼓的帽蓋，可愛又怪誕，比起沉實穩壯的大樹可疑多了。涵的相機對菇菌拍來拍去，並沒有甚麼意味深長的説話，要借照片轉述給我們聽；這是菇，它長這樣，那是半破的蜘蛛網，上面附着動彈不得的昆蟲，還有來歷不明的流水，斷續地於道旁冒出頭來，卻始終不敢湧到道上。涵志在天真，全心全意篤信山道四周盡是表裏如一的萬象。它們不賣關子，不矯揉造作，只願你安心放心地去張顧它們，逐一把它們從頭認識清楚。

小孩掛着相機，從不虞世界有詐，相信世界如慈愛無私的爺爺奶奶，永遠較他見多識廣。為了儘快趕上世界，小孩好學不倦地用相機蒐集種種新奇的偶遇，以活潑無礙的心去儲藏大開眼界的顏色。如此歡迎世界的態度實在不可多得，正正因為小孩一無所知，還未有驕傲自滿的本事，所以他的菲林才能中立地候備着，隨時歡迎外來的五光十色印染於上，豐富他的心和眼。

多少年了，我們身體裏的菲林積年累月地沉澱下去，有的大可不理，有的珍而重之，有的不求甚解，總之卷卷糾纏不清；重重疊影，早結成一襲花斑斑的斷帶，如有色眼鏡般撩眼蔽心。明明我們從小到大收採回來的光影，該是用來認知和理解世界的根據，但我們偏只以量為榮，怠於整合亂糟糟的菲林，甚至自以為是得要在每張全新的菲林上，塗上先入為主的底色。我們內置的菲林，何時被預設成厲害得能薰染世界？是因為我們無法交出無汙無瑕的菲林承載世界，所以世界印在我們菲林上的畫面，才會深淺不定、焦點渙散、前後失序嗎？如何才能看清世界的本貌、本質、本性和本義？新潮的智能相機還是二手的古董相機更勝一籌？如果我們每人的菲林永遠都是未經歲月打磨的，世界又能安然運作下去嗎？抑或如你和涵所料，世界本身當然有詐，是一卷伏筆處處、移形換影、欲蓋彌彰的菲林？

山道是世界上少數能讓涵當回半天小孩的地方，他樂此不疲地走在這段單純安全的菲林上，更加可以對所謂的「攝影師」和「照片治療師」之稱銜置之不顧。頭頂的光線性情多變，這刻躲在濃濃的藤蔓後，轉眼已落落大方地傾瀉在前方的曠崖旁，似要顯露其收放自如的本領。涵喜見光線鬼馬，光線怎樣表現，他便按相反的策略及時應對。暗時，他識趣地調高相機的感光度，讓小視窗內的顏色變得鮮明；亮時，光線無非要考驗涵的指頭夠不夠細膩，把相機的光圈剛巧縮至那曖昧的範圍，不多不少。涵和光線逐步逐步的打情罵俏，懶理時間的見證，捨掉身分的枷鎖，是一場低成本又脫俗的結識。他愈玩愈有活力，單是樹葉不同的形狀已教快門眨了近百回眼睛，至於坡牆上或乾或濕的裂紋，仍有待他於回程時溫故知新，辨出當中的縱橫交錯。

看時事和歷史紀錄片太多了，偶爾也得找套卡通片放鬆一下；吃淡飯清菜太久了，今天一於往快餐店吃兒童餐，附送玩具實在驚喜！涵這小孩自覺地借山明水秀來消消他拍照的「匠氣」，使他暫時放下照片過多的弦外之音，或千篇一律又老練的攝影技巧。「匠氣」不僅弄巧反拙地使所謂「有水準」的照片變得沉悶，害得照片永遠只被局限於那「水準」，還使匠人——即拍照的人也悶得發慌，彷彿所有照片都能循先前既定的方程式依樣畫葫蘆，那麼拍照的人豈不變成一尊機械人而已？「匠氣」只是那些不敢突破自己的人用來守住一貫實力的防線，涵才不要被籠罩在這股沒出息的怯懦下，小孩該如初生之犢不畏虎！

四面埋伏的蟲鳥滔滔不絕地宣稱季節的旨意，既為涵的步伐配上不大協和的節拍，也偷偷誘導他拐向嘩嘩起奏的主題曲——此山頭唯一的瀑布。在半環光滑陡峭的崖壁中，瀑布如束束奮不顧身的白箭，以頂速插向共同的目標，誓要轟轟烈烈地激起水潭的浪沫。瀑布頂的弓箭手朝下千發萬發，直像多勞多得的機關永不手軟，狠得瘋狂。白箭沒有殃及涵這過客，泛起的漣漪只害羞地邁向水潭的邊緣，還差一點才碰到涵的鞋子。

他立得筆直，抬頭仰看這高逾八米的瀑布，希望能從呼吸之中，抽得空氣裏的甘露。任他反覆細聽，嘩嘩的水聲始終儼如被卡住的錄音，不論播到哪裏，聲量、頻率和音質都完全沒有變異，是永恆的單音的嘮叨。如果聲音不變，而聲畫同步的話，那麼瀑布看起來也該是一幅被凝定的畫面。對，又不對。我們讓涵於不同時刻為瀑布拍下多張照片，看看，白箭似乎以一樣的數量、速度和方向朝水潭出擊，箭與箭之間透明的水簾也依稀露出同樣的崖石；瀑布根本是一卷印有花紋的絲帶，不管水潭如何猛力地把它拉了又拉，扯了又扯，段段絲帶也總是呈現相同的花紋，沒有差別。差別？差別在這裏，那邊，還有旁邊匆匆掠過的。

涵洞悉瀑布是一具龐大的流動雕塑，無間斷地以撲朔迷離的變裝，處處展示毫釐之差，簡直是光線和水天衣無縫的聯合作品。有些白箭較別的刺白，多得陽光剛從雲朵後探出頭來；有些水簾忽爾薄得裂成碎碎的唾液，只怪風一時吹破它的護咒。瀑布憑密密麻麻的水珠，細緻如實地把光線反照過來，是使光線現形的天然藥水，而光線竟又給予瀑布半白半透的衣裝，奇妙地把無色的加起來，濃得足以在照片上留下形色。

連串照片的實驗反覆證明瀑布只管一意孤行往潭裏俯衝，對地心吸力的召引忠誠至極，絲毫不介意獨行獨斷所帶來的寂寞。涵也不介意在生活中獨行獨斷所帶來的寂寞，但他見實驗愈來愈過癮，居然索性加入其中，讓自己從鏡頭後走到鏡頭前，跟瀑布合成一夥。他從背包裏提出伸縮腳架，在潭邊退後五步左右，直至他的鞋底再三確認地面平坦乾爽，是讓腳架駐足的好地方。腳架忽然成了林中一棵新嫩的枝幹，霎時節節向上，快高長大，準備跟瀑布對峙個夠。涵先於小視窗內預視自己坐在潭邊那大石上的模樣，然後毫不吝嗇地把餘下的畫面讓給霸道的瀑布，使兩者的大小比例分明又真實。十五秒後，他自身的光線將原原本本的反照進鏡頭裏；十五秒後，他肯定相機拍下來的照片是甚麼樣子。這刻，他正準備創造十五秒後的現實，那現實已被鏡頭未卜先知，虛偽嗎？

請你開始倒數。

相機頂角上那閃來閃去的紅燈，聯合嘩嘩震耳的瀑布，一起催促涵撲至那被選中的石頭上。時間嚴苛，絕無通融的空間，害他不禁思疑把時間強行分割成分秒的人的居心。石硬，嚇了屁股一跳，但他得儘快擺正一副自然不過的姿態，以和應周遭的氣息。鏡頭的玻璃面看似通透明亮，然從涵的雙眼望過去，鏡面後盡是一坑深不見底的黑洞，無聲無息地勒令他不要輕舉妄動。涵一向習慣把眼睛拼接到小視窗上，讓身體成為相機的一部分，共同朝外看。現在，他偏跟相機分隔五步，且相視無言，難免使他忐忐忑忑，彷彿相機是一位公私分明的老朋友，賣不賣人情只是一念之差。鏡頭長年貪婪地張看世界，卻甚少瞄見把它捧在掌中的老朋友，彼此實在需要好好的相認一下。在公，鏡頭必然是世上最嚴厲和神聖的眼神。它以無懈可擊的魔力臣服萬眾，叫他們不加思索地微笑、坐穩、擺出勝利手勢、跟旁人擠近一點，不如乾脆抱抱旁人。一切都是為了應付和滿足鏡頭，是向它提交的功課，愈投入愈高分。在私，涵只希望鏡頭不要向他施加無情的壓力，好讓他的輪廓、表情和身分能夠不偏不倚地烙印在照片上，證明他身上的光線曾經跟世界和諧地交雜；被偷去光線的皆必曾存在過，涵樂意跟背後滔滔不絕的瀑布共存。

十秒。

相機後面無人，涵寧可這樣。他幻想自己正分身到相機後面，檢查小視窗裏的自己像不像自己，並認為自己偷掉自己身上的光線，倒沒有蝕甚麼，因為那束光總會於照片上失而復得，循環而已。倘若相機後的崗位換上別人，例如聶或其他攝影師，他準會禁不住暗暗計算對方能看穿他多少，而他又得防範或放鬆多少。我們於鏡頭前交出的光線，除了交給鏡頭，還同時奉予拿相機的人。那人是至親、愛侶或好友，我們大概會笑得燦爛真摯；那人是途人的話，笑容當然不能欠奉，但明顯靦腆多了。假若那人是你無法坦誠相對的呢？彼此之間積藏心結或秘密的呢？你該如何掌控笑容，使之出賣你或掩飾你？你要騙過的是鏡頭還是那人？卸下跟那人之間的情感包袱和牽絆，是否就能讓你展露真正的笑容？涵這刻用不着面對他人，可面對相機後分身的自己，也不是輕易的事。畢竟，他得先假定相機後的分身是一抹全然理解自己的靈魂，能夠無窮後退地自覺他的自覺，是石頭上的涵的一盞明燈、幕後主腦和永不離棄的搖籃。一切有關涵認知與不認知的、願意認知與不願意認知的，這亦正亦邪的分身都通曉得一清二楚。涵不得不信賴這「自己以上」的分身，甚至甘願屈服於它的跟前，把支離破碎的自己呈交給它託管和評析。這樣的話，涵裏裏外外的光線才有機會在照片上無所遁形；他正一口一口的喝下分身餵給他的現形藥水。

五秒。

快門眨眼跟我們眨眼一樣快，可拍攝這照片所需的時間遠不只眨眼一刻。相機對時間和涵的佔有慾強，橫蠻地把拍照的時間從快門眨眼一刻，大大推前至剛過去的十餘秒，非要把涵乖乖的綁在石上不可。在瀑布的奔騰中，在蟲鳥的歡呼下，在心跳的倒數裏，只得涵默不作聲地跟相機合誦快將實現的約誓，如一對串謀瞞騙世界的同黨，絕不背叛彼此。這約誓嚴謹地要求涵放棄十五秒的自主權利，好讓相機心儀的畫面能夠提早凝定在現實之中，為那一剎的所有光線熱身個夠。我們都知道光線調皮好動，難以捉摸，如不及早把它們禁錮在鏡頭之前，說不定快門眨眼一刻，哪道光跟哪片影發神經，破壞涵和相機苦心鑄成的約誓。要說這十五秒是「真空」的，內容全被抽掉得空空白白，並不無道理。這十五秒根本喪失「現在」的意義，而早早捨身奉獻給快將到來的一刻；時間彷佛是一道斷了一截的單向的橋，涵以靜代動，不動分毫地跨過去。為了準備將來而放棄現在，為了將來的趣味而先使現在變得乏味，為了已知的將來而限制現在無限的可能，你的人生是不是一張倒數八十年、早早被規劃周到的照片？你能從頭到尾忠於跟鏡頭後的自己的約誓嗎？屬於你的時間之橋上，可有你一步一步踏實的腳印？「真空」的過程抑或最後理想的畫面重要？

「咔嚓」！你張開眼睛，然後瞑目。

涵終於不用強忍，可以放肆地把眼睛眨個夠。他踏踏實實地返回自己主宰的時空，一步一步的走近相機，要看看約誓兑現得如何。焦點果然一心不能二用，給了涵面子，便無法同樣慷慨地給瀑布面子，結果只得涵的相貌清晰鮮明，而瀑布則慘遭糊成詭魅矇矓的白漬。別介意，瀑布的真貌早被涵無遺地觀賞過，一時的繚影不足以干預他的認知，倒是石頭上那位男子陌生又罕見，確切需要涵使足眼力，把他辨個明白。涵放大相機屏幕上那木無表情的男子，冷靜的外殼包裝着複雜難言的思緒，健全的四肢曾為無價的時刻奔波，樸實的眼神渴求誠懇的對視，髮膚儘量吻遍世界各處的風，身高永不屈遜在惡和恨之下。曾經暫歇於石頭上的人，轉眼已被永恆地關在照片裏，動彈不得，注定跟石頭一起變成更老的石頭，餘生又跟現在一樣青春。涵不大捨得自身的光線就這樣被冷冰冰的物化起來，可他不是每天都到處偷採光線，把它們物化到照片中嗎？以其人之道，還治其人之身，涵算是自作自受了。與其可憐照片中的自己永不翻身，不如珍惜尚且活生生的肉身。放下舊照片吧，你該打理一下鏡中的自己，為未來留下更動人的芳影。

十三

治療中心門外的保安鍵盤連續數次喊出「密碼不正確」，以為這樣便可使容先生提起精神，再接再厲。對於挫敗，容先生倒沒甚麼感覺，反正挫敗是常事，一旦事情變得順利起來，他才會有所警覺。鍵盤很暗，門的四周很暗，容先生漫不經心地摸摸眼鏡上的迷你開關，讓鏡框的光管照亮他的壞眼睛。毫無邏輯的密碼數字同情容先生，終於放他一馬，免得治療被耽誤太久。都不知道是第幾回的覆診了，容先生垂頭喪氣地在四區之間徘徘徊徊，既不在乎哪區才屬今天的治療，也暗自斷定進不進房間，根本對病情沒有分別。他實在懶得查閱胸袋裏的覆診卡，乾脆靠一向倒霉的運氣，換來南區裏四幅黑布簾。

拉開黑布簾耗費巨大的力氣，容先生不明白為何治療中心多此一舉，非要勞煩身心虛弱的病人不可。雖然治療中心屢次勸喻他觀看照片時，得把眼鏡的光管關掉，好讓眼睛於沒有多餘的刺激下，承接照片的「藥力」，但他執意相信，發光的眼鏡絕對有利於維持他極微薄的專注，不然眼前一暗，睡意便起，莫姑娘隨他。

第一幅照片是涵跟一名踢足球的女孩之間的約誓，我們有幸窺見約誓的內容：

「在發展中國家的窮鄉僻壤裏，足球成了女孩自立和出人頭地的生機。母親天天像這樣，背着鏡頭旁觀女孩獨個兒練習足球。明明女孩身後的起居環境簡陋不堪，泥沙堆成灶，樹枝撐起幕，天際不見高樓，可她竟披上印有國際運動品牌圖樣的深紫色足球套裝。多得國際人權組織派贈足球這唯一的希望，讓母親和女孩日夜咬緊牙關，抵抗本是窮途末路的命運。女孩看起來不像女孩，啞沉沉的膚色透露營養不足的筋肌，頭上的短髮難言甚麼精巧的造型，連表情也省得盛載可愛和嬌豔。她不管我們管不管這些，她和母親只管視足球為一艘潛力無限的方舟，領她們度過歷代的苦命，逃出生天。空中一下騰躍，雙手遙遙伸張，以扭正腰腹的重心；兩腿一前一後，屈膝提掌，頗有把握地準備踢向胸前的足球。如此自由的身體、刻苦的練習、沉重的希望和有血有肉的信念，時刻鞭策女孩拼力重生，讓母親和自己押在身上的一切，終會贏得盡如人意的新景象。她盯住旋動的足球，閉唇喘息，約定涵在萬人大球場裏刮目相看。」

容先生的嘴角側擺了一下，一副沒好氣的頹相。區區一個爛足球，他實在想不透為何女孩因此而手舞足蹈，恍如主角登場般全情投入，還不是頂多只有一位女人給點面子，在旁邊呆悶的看着。凡事認不認真，重不重視，容先生總認為一切結果都是一場徒勞，不如省點力，迷迷糊糊地騙過日子。他愈注視女孩，便愈替她感到疲憊和冤枉，畢竟無論她釋放多濃的熱情和灌注多強的意志，所有事情終究都是小事，微不足道，不值得白忙。他想勸導女孩看開點，看看身後簡樸的生活明明就足夠順眼，為何要自命非凡，破格得穿上套裝耀武揚威？難道跟旁邊的女人一起閒着就不好嗎？抱負和執著只會殘忍地把身體的細胞逐一捏死，剩下乾枯瘦弱的軀殼；還是趁年輕及早閒下來，不費勁不賣力才是抗命的不二法門。容先生也算是年輕之輩，二十餘歲，可他雙眼的細胞到底被甚麼捏死，繼而連他的心也逐漸被捏壞，壞得直像一份自動腐爛、提早過期的食材？他央求我們不要發問，問題太傷腦袋，腦袋一忙他便頓失光明。

發光眼鏡只是眼科醫生的權宜之計，用來安容先生一時之心，長遠還是得寄望於治療中心的神乎其技。容先生倒豁達，能安心一時就安心一時，哪有多餘的力氣去管長遠的事？如不是父母天天在家「轟炸」他的耳朵，說他不來治療中心的話，便不再包他衣食住行，你猜他還會勉為其難地施捨數十分鐘給涵的照片嗎？難得容先生大駕光臨，我們得奉陪到底。

他沒精打采地掀起第二幕黑布簾，使照片上那羣老人急不及待地向他炫耀絕不失禮的魄力和士氣。

「賽事快要開始了，看我們這班老骨頭，白髮斑斑，腰骨都挺不起這光鮮的球衣了。誰也清楚這球衣下只剩骷髏一副，我們像畸形的時裝模特兒，偷去跟身價不符的華衣，一穿上身便異想天開的想像自己是誰。我們當然有自知之明，不用想像也曉得自己年過七十，而球衣永遠只有童裝和成人裝，老人裝是無謂又丟人現眼的造型，不惹得鏡頭把我們當成笑話才怪。沒錯，球衣的確是我們這羣老人的奢侈品，難得我們幾位福大命大，不用坐輪椅、躺病牀、插喉輸氣，我們當然不放過這還會出汗的身體。單是想想在接下來的數十分鐘內，能夠試驗球鞋踐踏草地時的磨擦，趕上隊友歪歪斜斜的傳球，喘氣後休息再來……已教我們這數個月精神抖擻，勇敢無懼。我們不怕球技不如職業球員，只怕活得不如職業老人。職業老人該是怎樣？爭取自己餘年的生機，活用自己難得的健康，擺脱針對年齡的目光，返老還童！開場了！先圍着鏡頭喊一喊口號吧！」

「搞甚麼？」容先生對老人們瞅了一下白眼，萬般不願心裏泛出費神的見解。「怎麼這些照片總是拍下把球衣穿得莫名其妙的人？身體衰老數十年，本來已是非常勞累的工夫，為何他們還要自討苦吃，不自量力，虐待自己的身體？辛辛苦苦保命多年，既然僥倖在世，就得盡一己之責，好好保存儲藏下來的心力，不要動不動便拼命。倘若一不留神，體力透支或碰上意外，不是前功盡廢，蝕大本嗎？健康該拿來使日子容易點過，而不是被他們沾沾自喜地高調炫耀，誰知道一揮霍過頭，倒下來後便一睡不起？況且夠本事炫耀健康的，絕不輪到這班老傢伙吧。哪有球賽稀罕如此老弱殘兵？與其於眾目睽睽下，把年華花得所餘無幾，不如獨自隱身，竊竊在青春最豐盛的時候，冷藏身心一切的細胞，情感、計劃、志向、動力，通通可免則免。人們保存大閘蟹的方法，不也是趁牠長得最肥美之時，及時把牠綑綁起來，放在冰箱裏，儘量減低牠的生命力，使牠不會因為活動而流失能量和脂肪嗎？當牠被拿出來煮熟的時候，便依然處在營養的頂峰。我不要無緣無故耗用體內的營養，不然青春很快便會花光，隨隨便便在這空調房間裏冷藏着便好。」

房間忽明忽暗，不知是容先生的眼睛在鬧脾氣，還是莫姑娘於支援室裏裝神弄鬼。他鎮定地用指頭輕輕調大眼鏡的亮度，可邊框愈光，視覺的中心便愈暗，使他眼前只剩兩圈過近的光環，刺眼地規範內裏一片昏黑。也許黑來自第三幅黑布簾，於是容先生一手撥開它，一手關掉眼鏡的光管，打算釐清光線和雙眼之間的糾紛。誰知道涵早把這幅大型照片貼在一個平面燈箱上，從照片底下透出來的淡光溫柔非常，恰好引誘容先生的瞳孔慢慢擴開，遺忘那副習以為常的眼鏡。

籃球場上所有人都被快門定型了，不，他們不是被快門定型，而是被那個似要進籃但還未進籃的籃球定型。籃球進籃得花多少時間？頂多半秒；從敵方手上搶過來，避開防守，一傳二傳三傳，瞄準起手，頂多兩分半鐘；由上季的分組賽隔週晉級，每週團體訓練近百小時，或許才有機會於這場總決賽的最後五秒內，見識似要進籃但還未進籃的籃球。籃球不急，它正光榮地於空中享受四面八方的注視，總不肯體恤全場焦慮的羣眾，非要把這半秒蹉跎成永恆不可。這關子實在賣得太大，場邊的隊友、教練和工作人員全都站起來張大嘴巴，幾乎要撲入場裏，親手揭曉籃球的下落；場上雙方球員也對籃球無可奈何，只能僵直地聽候它的審判，不等到籃球下地一刻也不敢大力呼吸。籃球如一個時空的開關，進籃前，觀眾和球隊的動靜、聲浪和心跳全被關絕；球一進，開關全開，無人再理會那煎熬人心的籃球了！一概激情、亢奮、歡騰和呼喊傾巢而出，如決堤般一發不可收拾。反敗為勝，吐氣揚眉，多得偏愛故弄玄虛的籃球，多得過去無數披汗負傷的分鐘。

涵打開快門的同時，順道打開時空的開關。

終於來一班像模像樣的球員，容先生該感到十分滿意吧，可他或許跟球場裏的羣眾一樣在意籃球的去向，竟不禁露出緊張的神色，一時忘記要節省神經的勞動。迫在眉睫的勝負的確殘忍無情，一剎那的結局足以否定積年累月的付出。容先生無法接受被失敗推翻自我的價值，不甘於再被犧牲在兒戲又虛無的失敗下。籃球不過是死物一件，值得由它操控那麼多人的情感嗎？如此勝負未知的一刻，榨取了多少難以彌補的勇氣？一切未知的事根本不值得放在心上，無謂被它們玩弄於股掌中；一不客氣，它們便會把你打擊得粉身碎骨，多無辜。容先生受夠挫折了，他情願對未來不聞不問，拒絕世界對他的評分和裁判。要是他跟球場裏的傻瓜一樣，屈服於限時和分數下，他肯定會自我懷疑得不知所措，恐怕要急急中途離場。在人生裏中途離場，正如容先生於此年此歲推開世界，逕自安身立命，逃避外頭高低起伏的賽道。他連一跤也摔不起，世界無權再侵佔他的得分區。得分區內從此不聞喝采，了無生氣。容先生老早用黑布簾遮蓋分數板，以為這樣便可騙過眼睛，讓自己安在停滯的過去裏。

為了證明世上無甚驚喜，容先生胸有成竹地步至第四幅黑布簾，打算隨便蔑視一下意料之內的又是有關球衣的照片。黑布簾下並沒披露過多的色彩，僅一張垂直的黑白照，暗得教容先生差點動手重啟眼鏡的光管。可他來不及了，照片上那撐着拐杖的男孩及時牽動容先生的神經，於片刻之間移走他自設的情感認知障礙，使他眼前的一切直達心中，他無路可逃。

這男孩看起來較我年輕十歲左右，果然身上又是穿着球衣，足球的，但他的足下沒有球，也沒有足，只有一根比足纖幼得多的拐杖。一條腿沒了，所以他一邊靠拐杖借力，使另一邊的腿橫踢於空中，連帶整個人凌空躍舞着。不知道是他的眼神引領那邊的手和腿起勁的擺，還是後者指揮眼神的去向，總之指尖、趾尖和眼睛一致地瞄向照片的左方；左方似乎鼓勵他儘量延伸身體和生命，反正拐杖應該能夠助他立足。形神兼備如舞蹈員，男孩是不是已經從足球這舊夢裏醒過來，昂然追隨舞蹈的召喚？看他一臉肅然，不苟言笑，大概早已揮別上天對他開的那個大玩笑。

鏡頭絲毫沒有拍得男孩抖顫欲墜的跡象，要不是拐杖異常剛硬，要不是他決意要跟拐杖一樣異常堅毅，屹立不倒，恐怕他整條身子和整條生命早就隨那廢腿廢了。我猜他那張自信的臉該不是做給鏡頭看，也絕非為我而生。既然面朝左方，不遮不羞，那麼候在左方的未來，該是他自信和動力的來源。也許真正讓他依然立足在世的，並非那根拐杖，或那條倖存的單腿，而是不知是更多不懷好意的玩笑，還是苦盡甘來的歡笑。只要他一直面向未來，繼續霸佔自己那無可取代的席位，便能親身探究或苦或甜的未知，從而見機行事，舞出相應的姿態靈活過度。這麼一來，他的自身便成為最健全的肢體，不管未知的世界如何不健全，結局如何不健全，他都能調節重心，以無畏無懼的目光，向鏡頭和世界展現拐杖以上的瀟灑。

容先生一時鬆懈，竟試圖模仿男孩的動作，讓手腳罕有地活躍起來。如此生疏和費力的舉動，當然立刻打擾他全身寧休勿動的神經，害他一下子慌張起來，以為體內珍藏已久的一切快要流失。幸好容先生及時勒停筋骨，不然照片上的邪光便有機可乘，偷偷荼毒他，而他長年力保不失的安逸，也許就此化為烏有。

男孩的姿勢依然穩如泰山，惜容先生忽然覺得他甚為礙眼。他斷定男孩用其殘廢的身體，博取鏡頭的垂青和觀眾的同情，故他得命自己千萬不要為男孩動容，淪為情感綁匪的目標。男孩一定是自知欠缺健全的身體，唯有巧立名目，借拐杖舞蹈員這身分行走江湖，以為愈偏門的範疇，愈沒有專業的標準可言，是好是壞全取決於他身世有多坎坷，腿還剩多少寸。容先生認為如此詭計實在可恥，既然上天跟男孩開了這麼大的玩笑，非要他當跛子不可，那就請他聽聽話話，一直一敗塗地下去，敗到底，別總是故作倔強，以為耍耍小聰明便能重過新生，視天意如無物。像我這樣，天天聽天由命，不硬來；失敗非乃成功之母，乃是我之母。失敗把我養成這樣，我總不能忘恩負義，轉投希望和成功的懷抱。如果我是這單腳男孩，必定無欲無求地廢下去，至少父母該不忍心把我從牀上趕出來，接受甚麼多餘的治療。

十四

照片沖印公司的打印機陸續收到傑叔果斷的命令，正爭分奪秒地按紙張的厚薄、大小和墨水的容量計算艱深的數式。於眾多墨水的顏色中，黑色不得不擔當今天的主角，為幅幅照片塗抹深不見底的黑，才能呈現夜景之中似有還無的輪廓。黑色的墨水自有黑色的氣味，打印機噴得愈多，公司裏的空氣便愈發苦澀。難怪傑叔每次處理黑壓壓的照片時，總得切些生果來吃，或多喝數杯蜜糖水，讓自己甜起來，免被黑色吞噬。

工作桌上早已躺着數幅差不多黑的照片，如一口口接不到月光的深井，隨時有甚麼怪人怪物從中爬出來，偷吃傑叔的生果。黑井還未乾竭，哀苦的墨水味升騰至空中，傑叔唯有調大抽濕機的強度，加快抽乾黑井。他好一段時間沒印過這麼大批夜景照，也很久沒細心地看過夜景。多得涵的鏡頭，他才能在日間裏，躲在室內跟眾多良宵碰面。他不肯定這堆照片是否又是拿來治療千奇百怪的眼疾，但如果單是夜景的照片已帶藥效，那麼直接去看夜景不是能更快藥到病除嗎？傑叔對着桌上整排的井口眨眨眼睛，作勢免費吸取寧可信其有的藥力。

「傑叔！今天的黑色夠不夠用？」涵推門進來，果然陣陣苦味。

「放心！還有很多存貨！黑色嘛，這麼常用又萬用，單是用來調暗顏色已上場無數遍了。過來坐，今天我們喝點蜜糖水，甜一下。」

「不用麻煩了，你先忙你的吧，我自己拿點水來喝就好。」

「都弄好了，來吧，喝完還有。」傑叔向涵遞上一杯蜜糖水，不怕他瞄到沾滿黑墨的指頭。「我以為你在日間已經拍夠了，怎麼還有興致在夜晚出動？該不是你那中心逼你加班吧？」

「加不加班也不是他們的主意，是我自己的衝動而已。就跟你說的一樣，日間拍夠了，倒想換換環境，好好體驗一下晚上。」涵抬頭四顧天花板上的白光管，如此偽造的白，真讓人分不清外面日落了沒有。

「也對，雖然說日出而作，日入而息，但人們正正慣了在晚上躲在家裏，不出外活動，才錯過很多只限於夜間出現的風景或現象。可惜我愛早睡，不然該跟你一起到處夜探，見識見識！」傑叔放下水杯，待會才洗。

「夜晚看到的實在跟日間很不一樣，不管是肉眼還是相機，都可發現很多晚上獨特之處。晚間攝影常常是攝影師的一大考題，即使日間拍得多得心應手，日一落，一連串攝影技巧和理論便無法套用在晚上，幾乎所有相機的設定都要從頭來過，連我們的肉眼怕也需要一點時間，才能適應夜晚的光暗。」

「真厲害，一個太陽便能於一天之間，把世上的光線弄得天翻地覆，為我們送來晝夜兩極。對攝影師來說，算不算是非常經濟划算的布景策略？哈哈，一地兩景，一地分飾兩角，只要你從早到晚待在一處！」打印機嗶嗶兩聲，告知傑叔任務完成。

「最經濟划算的該是太陽本身吧。只它一個，便足以照遍世界億萬年，不變舊，不失靈，且日光是免費的，真是一大實惠。在日光下，大部分存在而又能把光線反射出來的東西，都在我們眼裏顯得鮮明立體，無所遁形。到處的線條和輪廓都被日光勾勒得清晰俐落，日光可說是眼中一切的說明書。即使很多時候，我們只着眼於視覺中某個部分，可這焦點以外的事物依然色影俱備，熱熱鬧鬧地一同擠在我們的視覺裏，豐富非常。日光就是這樣，寧濫勿缺，把我們在意和不在意的通通陳列出來，讓我們按需要和喜好，從視覺中篩選光線。」涵一口喝掉大半杯蜜糖水，卻怕惹得傑叔殷勤起來，搶着為他添水。

「日光真算是做足本分了，寧願大大方方把整個世界和盤托出，沒有私心或偏心，免得賴皮的人一旦在白天走錯路、認錯人，便怪到太陽的頭上。還有你們這些嚴格的攝影師呢！哈哈！你不是常抱怨那天日光怎樣怎樣，滿足不了你和相機嗎？好人難做，太陽更難做！要服侍世上這麼多眼睛和鏡頭，辛苦它了！」傑叔大步走向打印機，檢查剛印好的兩張照片。

「我抱怨只是氣自己力有未逮，無法順應日光的變化而調整拍攝的技術。我當然體諒日光辛苦，所以當它全然退場，換上夜晚時，我便得更加爭氣，拍出同樣動人的照片。晚上的世界，根本就是另一個樣。沒了日光，周遭只能靠燈光照明；我們能看見甚麼，全視乎甚麼發光或被燈光照亮。燈簡直重塑了世界原本的模樣，很多本來存在的東西都因受不到光而褪色、沉沒甚至隱形，無法搶先抓緊我們的注意。首先被我們的眼睛過濾的，自然是點點燈火、發光的招牌、亮燈的店鋪、街燈下的路面。也許這些照明在白天時還未亮着，倒不大吸引我們的眼睛，但天一黑，事物不再被日光照得均勻時，這些靠燈光搶眼的部分便獨當一面，立刻成為我們賴以生活的焦點。世界不再一目瞭然，而僅僅是被精心安排的燈火粗略地點綴而已。」

「所以一到晚上，便換燈火當我們眼裏的說明書，好像我們從白天裏累積的認知，也不足以或不合於用來摸索晚間的世界。其實晚間的世界哪裏值得注意，就看人們把燈火加插在哪裏，對嗎？愈燈火通明的地方愈多人流；山山海海一片黑，卻偏要亮個燈塔來提醒飛機和船艇，還有很多城市的著名地標呢，通宵亮燈才能代表地方活着的脈搏，人睡城不睡！這樣看來，晚間的燈火不只是用來暫替日光，方便我們的生活，還明目張膽地象徵權威、核心、名譽甚至生命，多吉利呀！可惜我這窮鬼省電，不然這裏關門後該至少留幾盞燈亮着，多吸點生意旺財也好！」抽濕機亮起紅燈，示意滿水。傑叔把機內整桶水抬起，蹣蹣跚跚的往洗手盆倒。

「的確不少工商大廈和店舖在辦公時間外，仍保留部分照明，就是為了營造旺氣，意味生意長做長有，士氣生生不息。這招數有時候又被居民拿來提防盜賊，像我的鄰居，不論外出或深夜，總刻意把客廳的燈亮着，説這樣便能營造有人在家的假象，使賊人不敢亂來。我想只要有心人把燈光當作説謊的工具，真不難騙到黑夜裏的人。不過，即使燈光無意捉弄我們，基於它們零碎和不全面，實在難以把日間所有的真相原原本本的重現在我們眼前。在夜裏，我們難免忽略很多黯然的東西，但也有人慶幸和享受晚上的世界，因為黑夜替他們作了主，大大省卻了很多在日間裏過分干擾眼睛的東西，好讓眼睛忙上半天後，終能減少外來的刺激和資訊，只歇着欣賞燈火的閃爍。人們望着不把實況公諸於世的夜景，在燈光觸不到的處處黑色裏，放鬆視覺、神經和心靈，造就無數場浪漫的談心。光啊，有時候不是以量取勝，少少的反能打開人的心扉，使人樂於被騙在半夜裏毫不全面的視覺中。」涵本想調暗天花板上的白光管，但傑叔的地方自有他的規矩，無謂干涉。

「奇怪，照你這樣說，眼睛在夜裏看到的景物愈支離破碎，含糊不清，人們才愈容易把心釋放出來，好好調整，那不是跟你們中心所說的『心清目明，心濁目盲』完全相反？你可不要亂拆自己的招牌啊！」傑叔把兩枚髒黑的指套脫在洗手盆旁，如彈琴般鬆鬆繃緊的指頭。

「傑叔，想清楚，談心也不一定能把心談得清，有時候倒會愈談愈亂，愈談愈糊塗呢！晚間不過是一個跟白天截然不同的契機，人們只能把握它，借它體會不一樣的格局。至於心到頭來清不清，誰也說不定。再想一想，雖然夜晚使大部分景物原有的顏色變得暗黑乏味，幾乎如卑微的布景，用來襯托搶眼的燈飾，但其實不論四周變得多黑，事物原本的顏色早就儲在我們日間的記憶裏，使我們在晚上仍然有足夠的判斷力，去認知自己身在何處，所見何物。我們日間的記憶成了顏色筆，為晚上各樣不受光的景物補上原貌、名稱和印象，讓我們面朝崩崩碎碎的光影時，不至於無知得心慌。因此，即使晚上的視覺看似不太清楚，我們其實心中有數，心裏有眼。」

「我看了你這張照片半天，心中倒沒長出甚麼數。你快過來跟我說說，不然今晚我準會想它想到失眠！」傑叔低頭對着工作桌上一口黑井苦索思量，快要從井裏瞄見自己的面影。

「這張？」涵繞至傑叔旁，竟怕一時之間連自己也認不出照片幽黑如此，到底所言何物。「這張啊，你先告訴我，你看到甚麼？」

「如果打印機和墨水沒有出錯，這照片絕大部分都是由亮黑、灰黑和棕黑混合而成的雜黑，頂多在左上角透出一點薄薄的銀灰，使這大片雜黑之中的各種混色稍稍分明起來，不至於只是一張絕黑的紙。沒有形狀，沒有線條，沒有記號，你老實點，是不是你不小心弄跌相機時意外拍下來的鬼影？害我看了半天，傻瓜一樣！」

「你才不傻呢傑叔，你不是都看得出我對於黑的用心嗎？從你對於各種黑色墨水的認識，辨出這裏的黑不只是純然單一的黑，而是黑色大家族分工而成的似黑非黑的色譜，厲害！不知道你有沒有聽過，攝影界裏有一個特別的羣組，叫做『黑夜族』或

『盲俠族』，專門拍攝夜裏各處黑得毫無提示的角落，照片直像盲人微乎其微的視覺，可見的不過是大半的混黑和少得可憐的光線。雖然這樣的拍攝手法聽起來很隨便和輕鬆，好像把鏡頭塞進一些暗角便可以，但黑夜族絕不是亂來的人。他們首先要物色能待得久一點的暗處，保證有足夠時間，調整相機的設定和等候光線來訪。黑不難拍，難在於深黑之中，哪裏投來過多或過少的光線，影響黑的和諧和神秘。他們不要做全盲的人，而偏要留有無補於事的少許的視力，讓最低限度的光，放大黑的層次和容量。沒有光，就映不出黑有多黑，黑有多變幻不定，所以黑夜族既要注意黑，更要拿捏那半條摸黑而至的光線，如車燈的餘光、月亮的側照、霓虹燈的閃動等。一般人在晚上只理所當然地着眼於燈光，漠視照明範圍以外的事物，而黑夜族卻反其道而行，主張夜愈深，愈得尋找比黑夜更黑的畫面，因為這樣的黑才具有最浩大的存在形態，最能令人看得匪夷所思，是光線永遠無法模仿的顏色。」照片上的黑剛巧把天花板上的白光管映成白糊糊的一劃，劃破井口，使涵不禁更在意這裏的照明。

「佩服佩服！我以為相機是由視覺主導的器材，自然得靠光線燃起其生命力，使它能夠見證所有把光線射進鏡頭的事物，並以照片作為這些事物於視覺上存在的憑證。想不到你所說的那班黑夜族，居然用相機捕捉黑夜裏最不起眼、最看似不存在的東西，簡直是以視覺之道反映視覺的不足之處，可說是相機試圖挑戰視覺背後的一切存在，也是相機和肉眼自省的一課啊！」傑叔依然對着黑井埋頭自省，估量裏面到底存在着甚麼。

「沒錯，黑夜族看穿相機的陰暗面和盲點，於是順勢借它來蒐集世界上的陰暗面和盲點，從而讓我們辨知視覺上的盲點。當我們能洞察和剔除肉眼的盲點，便不會全然被視覺的表面引導焦點、好奇心和思考，明白所謂的盲點裏也很可能存在着甚麼。

「真抱歉，你這照片對我來說依然是一個很大的盲點！快告訴我，你究竟拍了甚麼？」

「好吧傑叔，但先別期待我跟黑夜族一樣，對暗黑之處抱有深厚的熱誠。我不過是在電影院開場前，湊巧靈機一動，於座椅下的暗角裏按下快門，連調校相機的時間也沒有，全場便關燈了。那時候我在想，外頭的夜晚是因為沒有日光，所以才出現處處照明和燈飾，但電影院裏的漆黑，卻是為了使螢幕的畫面更鮮明而被人造出來的。這種黑暗有其作用，又被人需要，是一種視覺上的道具，也是螢幕上的光線的助手。除了電影院，一些餐廳、劇場和音樂會不也是借刻意編排的黑暗來營造各種所需的氣氛嗎？浪漫的、神秘的、驚嚇的、蕭條的……也許功能上來說，黑暗其實不比光明遜色，黑暗也有很多可取之處，能被人廣泛地應用，可謂視覺上缺席的出席者，而我們也真夠靈活，要光有光，要黑有黑，還有甚麼視覺上的畫面是我們造不出來的呢？」

涵明知故問，相信傑叔總會說出獨特的答案。

「哈哈！你這樣根本就是要引我移到旁邊另一幅照片吧！就是這幅！我就是喜歡你拍下別人一般不放在眼內的景物。雖然多花一點時間，便能大概認出這些泛在深黑上的紅紅紫紫，正是夜裏海浪上一段燈飾的倒影。可單是一波接一波、迂迴得像蟲的紅紫，鬼祟地依附在扭曲的亮黑上，這樣顏色的配搭和紋理，已是視覺上一項自得其樂的實驗，可以跟燈飾分開來欣賞。如果我沒猜錯的話，你準是故意不拍這些倒影的光源，而只瞄向局部的夜海；不知從哪裏灑下來的紅紅紫紫，使倒影從燈飾那處獨立起來，自成一景。你想強調的，應該是四周燈光無心插柳，於目標的照明範圍外，居然種出別開生面的景貌。即使不是我們刻意營造出來的，在視覺上依然有吸引之處，被你這樣有眼光的伯樂看上，對嗎？」傑叔拍了拍涵的肩膀，差點震嚇夜海上的彩帶。

「你才是我的伯樂呢！沒錯，我們習慣把焦點優先放在擁有具體意思或外形的景物上，建築呀，人物呀，食物呀，還有各類生活用品。一到夜晚，我們的焦點當然落在燈飾上，而剛巧映在海上的倒影不過是燈光的副產品，是物理對於世界無謂的堅持，沒有具體存在的意義，可有可無。如此意料之外而誤墮夜海的殘光，可說是寫實世界裏數筆抽象的塗鴉，總是較燈飾本身次要和不顯眼。不過，如果把視覺想成純然由光線編織出來的畫面，那麼可有需要從中分出主角和配角、重點和副產品？一切出現在視覺上的光線和黑暗皆平等地存在着，值得我們平等的關注。一旦對某些光線偏私，便很有可能導致肉眼營養不良，選擇性失明可是一樣很笨的行為呢！重點也好，盲點也好，一於把世界的點點滴滴全看清吧。」

「哈哈！所以你這張照片是專門用來治療選擇性失明嗎？幸好我認得出它是海上的倒影，不然怕要被你抓回去，我才不是病人呢！」

「我也真的要回去編輯照片了。這裏的全乾了是嗎？我先把它們裝起來，上次的紙袋都帶來了。」

「都乾了，來，我替你包好。還有點蜜糖水，要嗎？」

十五

尚餘三十多分鐘，容先生懶洋洋地從南區拐至西區，心裏只想着時候一到，便馬上乘車回家，睡個午覺，反正家人總會做好飯等他。西區看起來好像較南區亮得多，容先生省得猜算這是視力好轉的緣故，抑或純然是燈光的差別。既然夠光，就先讓眼鏡的光管繼續關着，他實在沒力氣命令手指管東管西。

黑布簾下的照片正準備好好治療容先生，惟他揭開它時，只想着抵抗照片的所謂治療。只要保持金剛不壞之身，一切煩惱都會化成閒事，跟自身扯不上關係。

「又來一批新草了，最近好像換得愈來愈密？」

「都怪這幾個月特別多公眾假期，人們都蜂擁過來大玩一頓呢。」

「真苦了那些新草，才剛長高便被人踩得爛爛皺皺的，我們這些偎在坡邊的舊草多愧疚啊！」

「也沒辦法，新草肩負重任，用來鋪墊公園的平地，自然首當其衝，不抵住人們的腳步不可。」

「你説首當其衝，當年我們這山頭才首當其衝呢！記得嗎？本來山頂尖尖挺挺的，人們一説要在這裏建個甚麼康體公園，便把整個山頂削走了，只餘我們這一帶的山腰。後來又嫌削出來的地面不夠平坦，推土車呀泥鏟呀全都忙着在這裏磨來磨去，磨出這圈紅色的緩跑徑。新草嗎？也就只能被圈養在徑內的平地上，仰看人們左穿右插。」

「我最看不過眼的始終是那邊穿着工作背心的所謂農務員，尤其是背心上『綠化』二字。這山頭本來就綠得青青蔥蔥，正是他們這班人於當年大刀闊斧，去掉這裏大片綠色，現在居然還有臉貓哭老鼠，説要在這裏添補綠色。我們這些舊草都知道來龍去脈，別在那邊當假好人了！」

「『綠化』二字真是把我們作為草的價值説得太膚淺了。像他們這樣，幾個月來一次，剷光草地後又撒一堆新草的種子，周而復始，就是為了讓人能夠踩到新鮮翠嫩的青草，好像把草當成一種裝修的材料。地磚？地氈？油漆？『綠化』是為了人還是這半座山？如果我們不是綠色，不知道他們會怎樣形容手上的工作？」

「我才不想理會他們的廢話。你昨天有沒有聽到？他們一邊在那裏撒種，一邊大罵鳥兒貪吃，把草地啄得體無完膚，害他們得提早來收拾殘局。鳥兒真冤枉啊！明明是人把草地踏成這個樣子，怎麼怪到鳥兒的頭上？況且鳥兒多年來都繞着這山覓食，我們都樂意當牠們的棲息之地啊！難道我們只許被人踐踏，不可餵飽鳥兒嗎？」

「也許這班自稱來『綠化』的人認為新草是由他們種的，自然也只許人類享受成果。新草地變成人的財產，只有人有權享用它，鳥兒等其他動物一概不可涉足。」

「誰來這裏宣示主權，我們便得聽誰的規矩。算吧，只希望他們不要找上我們這數根老草，就讓我們偏安至死吧！」

照片於容先生的眼中，活像一個歡樂的火山口。口是一圈紅色的跑道，載着耐熱的健兒逃來逃去，卻始終未逃離沸騰的火山。山上的草地都被燒得焦頭爛額，毫無生氣，難怪工人們帶齊工具，趕緊拯救這片被要求是綠色的平地。容先生看得出這照片是用航拍機拍下的，不然不會到達俯瞰的角度，但他倒想了一會兒，這人造火山口到底坐落在哪？要是這些運動設施是為了附近的居民而建，那麼為何又偏要建在山上，讓山下的人看也看不到，走也得走上長長的山路才到？難道周圍已沒有土地可用嗎？

於容先生而言，單是爬山已是極其虛耗體力的運動；山本來就是一座天然的健身設施，即使沒有這條整齊的紅跑道，也足以使他累得死去活來。如果這山沒有因為這公園而被削走頂部，其原本的高度想必更能訓練出體能了得的傻瓜。傻瓜還有這幾位種草的工人，山從來自生自滅，何需大費心力替它縫縫補補，枉作好人？如不是你們當初自作聰明，把這裏弄成既人造又天然的怪地方，現在便不用打理得如此忙碌，到處善後，淪為自己的「傑作」的奴隸了，真是自作自受。看我，不作多餘的事，不賣多餘的力，體能足夠吃喝睡覺便好。山不用管我，我也不用管山。

航拍機繼續飛，用高高在上的眼睛辨認各處的地貌和海岸線。土地的名字沒有寫在土地上，僅以稠密的建築、蜿蜒的車路、糾纏的電線和荒寂的曠野標示方位；區、鎮、城、國不過是世界這幅地氈上大大小小的花紋，相連不一定相親，相殘的話其實即是自殘，畢竟從地氈上揚起的塵埃，終究又墜落回到地氈上，賺獲的利都被同等的害扣除，這地氈從頭到尾都是如一的重量。航拍機飛到這裏，決定停一停，眼下的圖案似乎不大尋常：

「這一大片透着光的長方格是甚麼玩意？長長方方的蓋頂似乎是玻璃，罩着一點點綠綠黃黃的秘密。再飛低一點看，住在蓋下的果然是一株株農作物，排列得井然有序，如接受甚麼嚴格的特訓。那麼……那麼難道我已飛抵溫室首都？下面全是大規模的溫室，於這片土地的原址上重新建造土地，培植盡如人意的品種，要甚麼有甚麼。可是，為甚麼原本的土地無法盡如人意？如果是因為人太貪，對它過度耕墾的話，那麼這片溫室陣地簡直是人貪得無厭的手段了。在天然的土地上搭建人造的種植環境，氣溫、濕度、空氣成分、燈光和氣流全被掌控在彈指之間，保證開花結果的絕對勝算。如此拒絕大自然插手的人造土地，還算是土地嗎？不，土地跟世界與生俱來，被人造出來的該稱不上是土地吧。那麼從這些溫室裏種出來的植物，恐怕無法驕傲地宣稱自己來自大自然，是大自然的一部分了。它們躲在一心催它們快高長大的密閉環境內，雖然能避過大自然偶爾猖狂的打擾，但也嚐不到季節的玩味和氣息，未免沉悶。一旦土地被任何建設遮蓋，便頓失土地作為大自然的身分，而蓋在上面的，到底又憑藉甚麼身分面世，長久自立？這片『地上之地』乏味地生生不息，平安得毫無看頭，我還是飛往別處，張望一下風吹草動好了。」

容先生第一眼看到照片時，發現上面一格格的長方形居然輪流亮起來，宛如一場暗示甚深的燈光匯演，使他懷疑這是照片裝置的設計，抑或眼睛又發神經。亮起來的長方格勉強讓容先生看穿裏面的乾坤，始終綠綠黃黃仍是他能認知出來的顏色。土地和農作物被蓋上廣大的玻璃被子，使它們免於外界無情的侵擾，能安心豐沃起來。這是人們照顧和保育土地的方法，跟我的養生之道倒是如出一轍。只是，不知道這片玻璃之地的營運成本多大？如此嬌生慣養的植物該賣得不便宜吧？幸好我的父母只養我一個，成本也不過是一間臥室和一天三餐，我別無所求。

容先生望着部分逐漸暗下來的玻璃格，認為溫室真是讓萬物避世的好地方。管那片地原本如何不符人們所需，使人失望，只要在它之上加建理想的環境，便不愁世情所迫，可以在室內為所欲為了。室內啊，冬暖夏涼全靠空調，人們早已效法溫室裏的植物，全天候躲在自製的舒適窩裏；商場呀辦公室呀酒店呀，當然連我的家也把人寵得像溫室植物，我們都是蓋着玻璃被子生存的品種。這是否就是那個聞說已久的溫室效應？如果我們繼續把這效應發揚光大，相信很快便可以拍得世界被玻璃全面覆蓋的樣子，眼前這照片肯定只是冰山一角。

我們當然知道容先生的體質早已適應西區冷冷的空調，他既沒打噴嚏，也絲毫沒有顫抖，是不折不扣被空調養大的人種。當他以為下一幅照片又是航拍機的作品時，涵的鏡頭偏上天下海，潛進河裏去。我們該讓河裏的主角剖白心聲嗎？容先生希望牠們把實況一一說明嗎？不，牠們的遭遇實在苦不堪言，還是由鏡頭代勞，描述一下當時的情形。

「很熱鬧呢！果然是青蛙交配和產卵的季節，看着牠們成雙成對，卿卿我我，真有點難為情！不過，牠們似乎毫不介意我這鏡頭旁觀，只顧着在水裏忘形，完全旁若無人！河水剛剛還清澈無比，但看看，一顆顆透明晶瑩的蛙卵中間帶着一粒黑點，如萬千小眼睛充斥蛙羣四周，漸漸把這帶的河水變成布滿小黑點的泡泡浴！青蛙浮浸在自己剛排出的卵羣中，彷彿看見自己部分的生命在包圍自己，慶祝更多生命的誕生。又排一堆了！多豐富奇幻的畫面！等一下！剛才誰的手伸進來攪起一陣漩渦？三、四、五、六、七……怎麼少了數隻青蛙？卵羣被驚動，陣式頓然鬆散了，可仍在水裏的青蛙為了繼續繁殖，倒沒有立刻游走。一、二、三、四，牠們被掉回來了！然後那隻大手又捉走幾隻，打擾洞房一刻多不該啊！水裏的顏色好像起了一些變化，點點卵羣之中，是不是增添了數灘鮮紅？紅在這裏，那邊也有，到底來自哪裏呢？被掉回來的幾隻青蛙不知道是不是被嚇壞了，泳姿看上去總是有點不對勁，不，是牠們的腿不對勁！怎麼忽然全沒了腿？只一個脹鼓鼓的身軀，剛才還在撐水的腿全不見了，只露出血糊糊的——又抛回數隻下來！更多的紅，更少的腿！那隻大手到底想怎樣？人家好端端趁這季節湊在一起，你偏打牠們主意，一眨眼便把這裏的蛙腿全弄掉，要人家半身不遂地繼續交配產卵嗎？這本來美好溫馨的季節，為甚麼變得這麼可怕？伸手下來的那人自己沒有腿嗎？搶獲這些蛙腿來幹甚麼？我不忍看下去了，健全的蛙望見殘廢的蛙，殘廢的蛙盯住其他殘廢的蛙，所有蛙都看着染血的卵，彷彿同時看到注定流血的後代。」

健全的蛙、殘廢的蛙和顆顆如眼睛的卵，這刻都把目光投向容先生，因為牠們似乎認得正是如他這樣的人形，俐落地斬去蛙羣的腿。聽說單是這些蛙腿，全球每年的交易金額已達億元。青蛙當然不清楚自己的腿如此值錢，只知在一季裏排出的卵也數以億計。容先生的雙眼擅自把卵羣中的粒粒黑點燃亮成微微閃晃的燈火，為浪漫的青蛙伴侶加添璀璨的燈飾。浪漫是因為肢體不全仍拼命地交配，還是明知得冒着斷肢的危險，也要跟愛侶繁殖後代？容先生應該看得出青蛙集體受傷了，甚至驟眼覺得某些蛙的泳姿異常怪誕，好像中了邪一樣，但他只能怪蛙羣赤裸裸地把自己的生命暴露於毫無保護的水裏，危機四面埋伏，受傷是遲早的事。既然見到同類遇險，就得聰明點趕快逃離，還留戀這裏的浪漫只是等着送命而已。生命需要如此轟烈嗎？弄得血淋淋的，我才不要這樣麻煩。

剩下最後一幅照片，容先生認為看不看也罷。雖然他清楚治療中心的照片包羅萬有，當中不少更非常有別於他在有限的日常生活中所見過的，但不管這些照片如何精彩絕倫，觀賞它們的人也不過如他一樣，是眼睛半壞半靈、安於空調和玻璃罩下的大眾。他既不相信這些照片能從牆上穿透至大家的生活中，也沒感受到照片有意鼓勵大家，為當中的主角作出甚麼回應的行動。單是掛在牆上的照片，紙而已，哪管得那麼多閒事？哪來崇高的力量救回大家的視力？黑布簾就在眼前，拉開它多無謂，但容先生知道我們想看個究竟，也知道在他心裏躲起來的那個脆弱的自己想看個究竟，於是涵的鏡頭愈潛愈深，讓年老的海龜游進西區裏。

「別以為只有浮在水面附近的青蛙才會遭到毒手，海洋根本就是一個無邊無際的胃，多年來被迫吞下的廢物，有毒與否，通通都是不可思議的陷阱。看我已潛近海牀了，以為能避過隨水流橫衝直撞的垃圾，殊不知哪裏忽然湧來一襲破破爛爛的魚網，一下子把我套住，倒沒人從上面牽拉。你們都知道，我的舉止一向優雅，頭和前半身好不容易才從魚網中掙脫出來，可惜我的殼實在又橫又硬，加上殼邊的鈍角不齊，結果魚網便不客氣地勾住殼邊，把我整個後半身綑住了。後腿無力可施，唯有着前腿加把勁；游是還能游的，但那襲打結的魚網始終不輕，我本來也不輕，重上加重，不弄得後半身往下沉才怪。我就這樣硬挺起半個身子，挨了快八個月，慣也總不能算慣，畢竟耐力明顯愈來愈差，而後腿也痲得開始萎縮了。看來水流只會把這網愈沖愈亂，沖散它甚至沖走它幾乎沒可能。我在餘生大概就得穿着這襲澀綠的草裙，在愈發混濁的海裏搖搖曳曳，只希望不會招來各樣獵食我的剋星的目光，我可是理應長壽的。」

海龜拖着草裙翩翩起舞，還朝容先生愈游愈近，臉上儘量保持海龜老人招牌的安泰和慈祥。牠不打算向容先生求救，請他幫忙剪掉身上的魚網，因為憑牠多年來在海裏累積的智慧和經驗，早斷定人形的物種毫不值得信賴。海龜於容先生的眼前悠然掠過，無非想問問他，這樣的草裙裝束合不合身？是否人形把魚網丟進海裏時所料想的模樣？牠活像一位專業非常的模特兒，即使被迫披戴不舒適又不順眼的衣物，仍會鎮定地在設計師前走好台步，強忍身上的拘束。只是，容先生似乎無意驗收這草裙的設計效果。跟青蛙相比，容先生認為海龜算是福大命大的老頭子了，至少還保得住前腿，而後腿減少活動也不是壞事，省力向來就是長壽的秘訣。他以為海龜老而彌堅，成功從漁民的手中逃脱，這飄飄的網可算是牠引以為傲的戰利品。牠是在向我炫耀大難不死的僥倖嗎？牠正式宣告魚網於牠的身上毫無用武之地嗎？如果讓漁民看到海龜如此囂張，説不定他們會下定決心，再接再厲，研製更厲害的捕獵工具，跟海裏的一切鬥到底。到時候，海龜怕要跟青蛙一樣，求生不得，求死不能。

十六

中央公園一大早便引來數百名民眾拿着籌號，排隊參加「弱視不等於弱者」嘉年華。只要你的眼睛有毛病，流淚不止也好，無法眨眼也好，都可來這裏一試多樣專為弱視人士而設的遊戲，贏了倒不會換來健康的眼睛。人龍緩緩地向入口蠕動，龍尾偏又不斷延長，看來壞眼睛真是一雙值得與眾同樂的器官。這也不出奇，醫院、眼科中心、視光中心和認知障礙治療中心於上半年錄得的眼疾個案節節上升，連媒體也禁不住稱這城為「盲城」，於是政府乾脆拿民眾的病情開玩笑，大力斥資舉辦這嘉年華，鼓勵大眾樂觀地與眼疾共存，還別出心裁地構想各樣能把弱視應用得宜的遊戲，叫人弱中求勝。

個人的眼睛失靈本是不幸，但排着隊的人龍卻慶幸在這裏遇上同舟共濟的病友；他們甚至滲透着一種莫名其妙的驕傲，畢竟擁有一雙被診斷生病的眼睛，才符合入場的資格。涵早已説過不想來，甚麼「弱視不等於弱者」，對他這位時刻靠眼睛維生的照片治療師來説，實在是説不通。換莫姑娘的伶牙俐齒説呢？涵則絕對是治療中心的最佳出席代表；觀察各類眼疾病人的病徵、分析他們在遊戲中的強弱之處、研究他們的性情和脾氣可會影響病情等，通通有助治療中心為病人編排更貼切的照片，甚或針對各個認知障礙的範疇，擬定更奏效的治療方案。好吧，好吧，涵拿莫姑娘沒辦法，只好和聶帶着相機，以工作人員的身分到此一遊。

數十個攤位分行霸佔公園內兩大足球場，行與行之間陸續湧入參差不良的眼睛，使原本清晰易辨的路線很大機會被誤當迷宮。為了方便病人，每個攤位皆不停地廣播遊戲的名稱和玩法，那把樂此不疲的聲音，像在恭喜你尋獲因病而生的歡欣，愈聽愈上癮。雖然每位病人早在入場時，已獲發一張按其病情而建議的遊戲列表，但世上所有病人都任性，深信我行我素是不得不被允許，是衝着健康這樣不公平的財產而來的自我補償。因此，貪婪的病人才不會被甚麼規矩限制，建議的沒建議的都要玩個夠，反正免費。

他們有的先爭進最近入口的第一行，有的偏不怕腳程遠，先去無人排隊的攤位。每行的兩端佇着一名嚴陣以待的秩序專員，哪裏人流混亂，誰迷了路，專員便得如牧羊人般出手，指揮左右。不，單是指揮也許不夠，這裏的病人哪能看清指揮？至少得牽着他們的手走才行吧。聶剛替一位蹲下來綁鞋帶的秩序專員拍了兩張照片，能夠把鞋帶綁好，絕對不是弱者。

「這是甚麼盛大的喜事啊？原來病也可以病得這麼高興，這麼齊心！我猜這裏應該有不少我們中心的病人吧？」聶舉着相機東瞄西瞄，希望把病人看不清的畫面全拍得一清二楚，莫姑娘等着查收。

「他們來這裏玩遊戲，肯定比到我們中心看照片快樂得多。」涵隨意拐進第三行攤位，卻開始受不了四處交疊的廣播。

「你在吃醋嗎？哈哈！他們病得夠苦了，治療時間也漫長，難得有機會讓他們聚首一堂，放縱一下，苦中作樂也不是甚麼壞事。」聶急着記下每個攤位所針對的眼疾，一時較涵走快了數步。

「我怕他們倒不是放縱一下那麼簡單。這次居然連政府也出招，毫不忌諱地把這城的眼疾問題公諸於世，還用輕鬆歡騰的氣氛，包裝令人擔憂的現象，好像面對眼疾的方法並非以治療為先，而是接受甚至慶祝眼疾已成為這城的主流，沒甚麼大不了。」旁邊的攤位內剛有人勝出遊戲，高亢的歡呼聲鼓勵附近的病人加把勁，把各自的眼疾化成必勝武器。涵草草掠過，覺得那些歡呼聲聽起來有點脆弱，好像一被刺穿，便會瓦解成滿地碎片。

「這也許是政府用心良苦的善意？坦白說，即使沒有今天的嘉年華，我猜民眾也早已發現城裏的眼疾愈來愈普遍和嚴重。再這樣下去的話，社會氣氛難免會變得消沉和負面。弄個嘉年華來刺激一下，至少可以振奮士氣，讓病人明白眼疾並不是甚麼見不得光的羞恥。不是啦，的確有人的眼睛無法見光，我的意思是他們不用掩藏眼睛的毛病，可以光明正大地抬起頭生活，又不是啦，我知道光明對他們來說——」

「我只怕他們沉醉在這些遊戲的騙局中，以為逞強便真的會變強，以為這裏的勝利抵得過日常生活中的障礙。畢竟世界不只我們這一個城，世界也不可能把每處都變成這樣的嘉年華，遷就、討好和哄騙病人。真正自信的原因該不是今天從這裏贏了多少獎品，而是終有一天睜大眼睛時，一切都能如實地映進眼內，沒有絲毫懷疑。」涵慢下來仔細觀察攤位前眾人的眼睛。這些眼睛似乎清晰地看見自身的毛病，甚至自作聰明地把這些毛病當成得天獨厚的特異功能。可不論它們如何特殊，始終連周遭的原貌也無法看清，真教涵感到無奈又諷刺。

「不過是一天的遊戲而已，當是獎勵他們平日艱苦地接受治療和應付生活上的不便吧。來！我們也參考一下這些遊戲的設計，看看可不可以用來改良中心照片的安排？我倒是非常樂意再為中心花點工夫，好不好？」聶怕涵看得不是味兒，索性拉他到「走馬燈」的攤位湊湊熱鬧，投入病人的娛樂。

這些走馬燈比一般的走馬燈走得還快，連串模糊的影像圍着燈泡疾轉，舞成一團錯綜複雜的魅影，叫人無法拼出影像的真相。這可輪到患有遲緩視覺的病人上場了，一對同樣高壯的父子並肩而立，目不轉睛地盯住四盞走馬燈，非要用壞眼睛把走馬燈上的影像減速不可。不消半分鐘，父子異口同聲地向工作人員答道：

「直升機、葡萄、太空人、窗簾、熊貓、『冰』字、過山車……」全對！父子實在很久沒看過如此快速的畫面，不，在他們眼中，這是剛剛好的速度，真是大快人心。

他們平日頂多把電視調成快播模式，卻總不能把整個世界變成走馬燈。相反，他們日常的動作經常被人嫌慢，打字慢，吃飯慢，穿衣服慢，連剛才在入口排隊也被催促向前行。因為他們要跟眼中遲緩的世界同步，卻不知到底周圍動靜的實際速度如何，只好以慢動作諧趣地配合視覺，以為這樣便可跟世界一致。

世界看似慢了下來，可萬物依舊準時地老去，不怠惰。

「怎麼可以看得出這些圖案？不可能！快成這樣，我連半個也看不到！你看到嗎？」聶全神貫注地望着走馬燈，燈上的太空人和熊貓笑他像個傻子。

「幸好我看不到，不然我很可能早就死在馬路上。你有沒有讀過上月寄來中心的醫療報告？根據醫院的統計，最近致命的交通意外，過半是因為這些視覺遲緩的人以為汽車還未駛近，於是慢慢地過馬路，誰知一轉頭，那車已突然衝到身前，你想它慢下來也沒辦法。與其高興自己看得出葡萄和過山車，不如儘快物色輔助視覺的工具，或多留意生活各處的危機。」涵本想拍下這些如過眼雲煙的走馬燈，但他嫌它們太過裝模作樣，幾乎是偽善的惡咒，引人走火入魔。

「我也聽莫姑娘說過，有些視覺遲緩的病人甚至因為害怕在街上遇險，索性整天躲在家裏，放棄一切社交，挺可憐的。雖然這裏的病人看上去全都笑意盈盈，無憂無愁，但我想他們平日背負的壓力應該非常大，才會打算在今天盡力追回之前所失的歡樂。對某些視力極差的人來說，既然生活已岌岌可危，朝不保夕，不如趁今天高調地盡興，當是壞眼睛送給他們的禮物。」聶剛剛似乎勉強從走馬燈中辨出那個「冰」字，他賴着不走。

「如果他們真的如你所言，自覺地來這裏獲取自欺欺人的一天後，明天繼續積極求醫和面對生活，那倒無所謂。只怕他們從這些爛遊戲中，賺得一時的成功感和滿足，以為壞眼睛真的有甚麼用武之地，甚至過人之處，於是便驕傲起來，懶得接受治療。他們甚或覺得，一旦把眼睛醫好了，他們的『優勢』便隨之消失，變回普普通通、無法再參加如此嘉年華的人了。你説這樣扭曲患病和就醫的觀念，可不可怕？」涵抬頭四望到處飄揚的「弱視不等於弱者」的旗幟，它們儼如向這公園外抗議的口號，比攤位的廣播更響。

「『盲城』不以盲為恥、為禍，而是以之為傲的話，那真算是在無可救藥的情況下，自創出來的一條出路。可這出路能走多遠呢？會不會到頭來也是末路一條？我知道你無論如何也不看好這路，不過目前除了這嘉年華，政府好像也沒甚麼大舉，還是先觀察一下吧！我愈看這走馬燈，愈好奇剛才那對父子所看到的世界究竟是怎樣。在慢鏡般的世界裏，是否能夠享有足夠的時間，細心留意周圍的事物？例如落葉的旋轉、他人的咬字、貓的奔跳等，該挺有趣味吧！不知道他們會否順着慢條斯理的世界而變得心平氣和，還是受不了處處耽誤時間而經常焦躁煩鬱？他們真的會覺得日子被拖長了嗎？換了是我，一定整天都想睡覺，睏死了！」聶的好眼睛實在無能為力，他只好以弱者的姿態退離攤位，另謀勝算。

「不如你試試開啟相機的慢鏡模式，拍一段數小時的影片，或許能粗略窺見他們的生活。於慢鏡中，時間好像變得有重量和痕跡，能夠被我們把握在眼睛和手裏；到處的動靜都被時間踏實地帶動，同時又帶動時間依依不捨地徘徊。一切的移動看似壯舉，耗力耗時非常，哪怕是一根頭髮掉下來，都變成觸目驚心的儀式。你和時間開始爭執起來，無法認同為無關痛癢的事，賦予過分的關注。那麼，到底甚麼事宜快不宜慢？甚麼事宜慢不宜快？情侶的吵架？生離死別？人際關係的開始和結束？快不一定等於不重要，慢也可能落得拖泥帶水的下場。慢讓人試驗所有正面和反面效果，希望待視覺回復正常時，生活中各方面的節奏也能快慢得宜，合意地『與時並進』。要注意的是，相機的慢鏡模式跟病人遲緩的視覺不同。相機是聲畫同步，即片段中的聲音和畫面一樣慢，但病人只有視覺變慢了，聽覺還是如常的。你能想像這樣令人抓狂的感官分歧嗎？先聽說話，後看口形；先聞車聲，後見車影，需要的到底是耐性和等待，還是乾脆享受因耳朵而獲得的『先知』的快感？我猜要是換成是你，腦袋被搞得這樣亂七八糟，肯定睡不了覺。」涵瞥見聶提起相機對焦的姿勢，似乎愈來愈有板有眼。

「那我寧願連聽覺也跟着變慢，不然我準會被弄得精神分裂，不知所措！」

攤位之間的通道愈來愈擁擠，除了因為入場的人流不斷外，人們也陸續從遊戲中贏得大大小小的獎品。只要你一不留神，或你的眼睛根本無法留神，便很容易撞到別人手中的大布偶，或如雲的棉花糖，惹得秩序專員上前扶你一把，説明周遭的方向。人們有意無意地炫耀手到拿來的獎品，彷彿完全忘記奇特的視覺其實是種病。貴為這嘉年華的主角，他們不單享獲視力正常的員工款待，還毫不客氣地於這些好眼睛前「大展所長」，以壓倒性的「本事」宣稱雙方的地位徹底逆轉了；壞眼睛不再是這城的絆腳石，弱視的人不再是這城的邊緣人。如果你的眼睛無緣變壞，你也只能淪為二等公民，以普普通通、一成不變的視覺，觀摩視力非凡的人表演，服侍他們成為這城的表表者。

哪裏反射過來一束頑皮鬼馬的光線，照得涵和聶的雙眼忐忐忑忑，猶如惡意的挑釁？

「看！那攤位裏的人不停地把鏡子反來覆去，好像很過癮！有甚麼眼疾的人才適合玩它呢？我們去看看吧！」聶雀躍地追隨那束調皮的光，差點碰到不知是誰捧着的充氣泳圈。

果然如涵所料，這攤位的對象正是患有所謂「鏡眼」的人。甚麼是「鏡眼」？就是你看到的畫面恰巧跟現實左右倒轉，如從鏡子中映照出來的模樣。難怪這攤位裏的人全都胸有成竹，能夠流暢地朗讀鏡子裏的千字文章，連被鏡子映得不太像樣的數學算式，也難不倒雙雙「鏡眼」，因為鏡子和「鏡眼」共把原本的文章和算式左右倒轉兩次，最後看進病人眼裏的，便又變回一切的原貌了。

「這句子是……『財經……消息……透露霸圖……』不，是『霸圍石油集團……將斥』？啊，『將拆夥為……』很難呀！哪有可能於一分鐘內讀完？大獎還要三十秒？我倒不是從小就把中文字反轉來學呀！你要不要試試看？」聶打算借相機的鏡頭朝鏡子作弊，可是誰都知道鏡中的影像跟小視窗中的一模一樣，哪會忽然變出甚麼魔法？

「你不要拿這部單反相機開玩笑了，還是你要我再說一次它的內部結構和光學原理？」涵瞄見塊塊鏡子中被顛倒的文字，居然害怕它們終會成為這城首選的法定語言，支配周遭的溝通。

「原來是這樣！這班人的眼睛就像相機一樣內置了一塊小鏡，所以能把面前這鏡中的文字再反轉一次來讀。我這單反相機呢，則除了有一塊小鏡，還有個五稜鏡，一起把進入鏡頭的光線反了又反，總之弄成小視窗裏的畫面跟鏡頭前的沒差。那麼照道理，矯正這眼疾的工具，不就是一塊鏡子？比起其他毛病省工夫多了。」聶偏要從鏡裏拍下那段任人魚肉的財經消息，以驗證自己的光學知識正確無誤。

「可以這樣說。你小時候有弄過潛望鏡嗎？它的原理跟相機差不多，也是利用兩面小鏡，把光線從上到下共反射兩次，使潛在下方的人能夠看見上方的畫面。患有『鏡眼』的人，平日只需靠半支潛望鏡看東西，因為他們的眼睛已直接代替了潛望鏡的第二面鏡子，把畫面還原。」

「36 x 5 + 720 ÷ 18 - 49 =……」一位胸口上紋有一隻小蜘蛛的女士掙扎着。

「171！」她從工作人員的右手——不，是左手——捧走一罐家庭裝餅乾，三等獎。

「怪不得昨天我在百貨公司裏，碰見有人的眼鏡上頂住半支類似潛望鏡的東西。當時我也猜想裏面肯定藏着鏡子，可是，如果沒有戴上這樣的矯視器，像這嘉年華不允許病人利用任何工具輔助視覺，那麼『鏡眼』豈不是帶來無窮無盡的惡作劇？把左門當成右門，把左邊來的車看成右邊來的，連右手寫出來的字也變成出自左手！難怪這攤位裏的人如此游刃有餘，全都是『左則右，右則左』的高手！」聶鬼祟地斜望蜘蛛女的雙眼，她的左眼似乎沒有跟右眼倒轉；左眼還是在左，右眼依然在右。

「不得不說的是，最近有醫學研究還聲稱，患有『鏡眼』的人比一般人擁有更強的逆向思維，全因他們知曉要往眼中右方的大廈走，就得向左方行；要拿桌上左方的杯子，就得把手伸向右。這樣所謂的『逆向思維』，你要不要？」涵輪流捏緊兩隻拳頭，以免混淆左右。

「要是我變成這樣，怕無論甚麼我都會逆你意，被你罵得狗血淋頭，不要不要，哈哈！」

前方一個攤位剛剛傳來一陣驚嚇的尖叫聲，引得附近的人羣東張西望，可愈望愈徬徨，愈摸不着頭腦。他們碰碰撞撞，進退無方，直至那攤位的廣播向大家說個明白，人心才稍稍平復下來，知道鬧劇的始作俑者，不過是攤位裏一個大螢幕。

「歡迎參加『血色漣漪』遊戲！一眾擁有『漣漪眼』的貴賓，來挑戰一下，看誰能一口氣看完整套屍體解剖的影片！中途不叫不吐、不睡不走的就是贏家！過來先睹為快吧！」

「『漣漪眼』？甚麼是『漣漪眼』？」聶托着相機奔前，期待聽到另一波尖叫聲。

「我記起了。之前我為了北區的照片而跟蹤過一位病人，她患的正是『漣漪眼』，即是每眨一下眼睛，視覺便浮現一片漣漪，東西看起來像浸在水面之下，被漣漪干擾和遮蓋。」涵走到這血淋淋的攤位前，瞅了螢幕一眼，如蛇的腸臟正被斷斷續續的牽出來。

「噁心死了！不，這個我真的看不下去。這算是甚麼遊戲？你說的『漣漪眼』能受得住嗎？」聶失禮地用手掩住眼睛，只從指縫間偷窺螢幕前幾位目不轉睛的冷血的人。

「當然受得住。你看看這幾位觀眾，他們的『漣漪眼』定定地朝一個焦點看得愈久，那焦點便從漣漪下沉得愈深，像你把一條鑰匙拋進池塘裏，不消一會兒就見不到它沉到哪裏去了。雖然這裏的人正定睛地望着螢幕，但畫面上的腸呀胃呀膀胱呀，早已沉進他們眼中的水底世界，頂多餘下血海上數圈漣漪。」一涵的身旁剛來了一羣不自量力又不聽建議的病人，他們忍了切臂那段，便搖着頭自動退賽。

「所以他們其實只是坐在這裏，看着模模糊糊的紅色，直到片段完結便贏？很無聊啊！等一下，那他們平日豈不是無法看書、看電視和電話？是不是得不停地轉換視覺上的焦點，把眼珠滾來滾去，才能保持焦點貼近水面，不會沉得無影無蹤？」

「對，他們只能如蜻蜓點水般，把眼睛的焦點輕輕的瞬間印在畫面上，這裏看看，那裏瞄瞄。一旦注視過久，眼裏反而只剩一灘撲朔迷離的池水。因此，上一次我和莫姑娘得把北區的照片掛在自動環迴吊軌上，讓照片不停地圍着那病人轉，以免她因凝視照片太久而甚麼也看不見。」一涵發現工作人員正把迷你的人體醫學模型包裝成獎品，準備送給必勝無疑的觀眾。

「那不是很諷刺嗎？愈喜歡看的東西，愈想花時間欣賞的那張臉，偏偏敵不過水的拖拉而沉向水底，離你愈來愈遠，留也留不住。不過，倘若被迫面對一些令人憎厭或慘不忍睹的畫面，像這血腥的影片或你恨之入骨的人，只消盯緊他不放，給他十足的注視，反能讓你輕鬆地視他如無物，還可眼睜睜的目送他溺斃！這『漣漪眼』真教人又愛又恨啊！」聶拿不定主意，該從這攤位裏拍下甚麼照片。既然螢幕不堪入目，那便用數根手指横在鏡頭前，拍下相間又依稀的血色。

「也許『漣漪眼』的病人於不幸之中的大幸，是逐漸學會把周圍的人事看輕，不沉迷和執著於任何焦點；反正你愈沉迷，你那在意的對象也只會跟着沉下去，叫你終不可得，圈套而已。」涵不等觀眾領獎，逕自拐往下一行攤位。

十七

治療中心的病人大多為了參加嘉年華而取消今天的覆診，只有江教授依時來到東區，準備接受共一小時的照片治療。貴為大學化學系的首席教授，她當然無需靠甚麼攤位遊戲來證明自己不是弱者，況且萬一她在嘉年華裏碰上自己的學生，豈不是讓他們知曉她的眼睛也壞了？難得校董會酌情保留她的職位，暫時只要她名義上擔當課程顧問和繼續其學術研究，她當然得小心翼翼地把病情保密到底，以免落人口實。其實依治療中心看，江教授的病情也不算很嚴重，不過是視覺上偶爾出現一些雪花或震紋，跟舊電視接收不到信號時的畫面差不多；只消拍它數下——即拍打額頭兩邊數下——畫面便回復正常。

東區強勁的空調使江教授的鼻子格外舒服，畢竟她半生躲在實驗室裏，嗅盡各樣學術名稱長得要命的化學物質，連有毒的也時常意外地混了出來，刺鼻得要即時疏散實驗室內的研究人員。她放心地大吸一口冰涼的空氣，肯定空氣中只含數種基本的元素和化合物。

第一幕黑布簾下含有甚麼相互交錯的元素？裏面可會釋出有毒的氣體？江教授伸手一掀，多種化學作用果然在照片上醞釀着，只差哪一刻於平靜下爆發。

明媚的陽光下有大樹，大樹下當然有人躺在草蓆上乘涼，這是從天至地合情合理的公式。沙地看起來粗糙乾硬，被陽光曬了半天，該還有點熱，但蓆上那男人慵懶地側臥着，似乎絲毫沒嫌棄天地送他的庇蔭。除了天地大方慷慨，有人還在樹枝上吊掛兩瓶通透的鹽水，讓營養經過幼幼的導管送至那男人的血脈裏。如此空曠開揚的醫療基地，不見任何醫療人員東奔西撲，頂多只有那男人的妻子守在蓆邊，於膝蓋上托着頭，一副不知是睏倦還是擔憂的樣子。男人同樣合上眼睛，專心致志地效法地上的樹根，從上吸收空氣、陽光和鹽水，為虛弱的身體爭取一點營養。多麼平和的治療，多麼聽天由命的安排，大概即使男人去世，也不過跟落葉一樣無聲無息，輕渺得不足以驚天動地。陽光的生命力較男人頑強多了，密集煩亂的葉影射在他蜷曲的身上，如一張勸他安息的被子，又暖又教人心寒。導管在空中微微搖曳，跟樹枝同步運輸營養，以為拯救一個人，就是這麼簡單。這是夫妻二人最後一次在大樹下野餐，喝的只有隨陽光蒸發的鹽水，也沒有嚐到鹹不鹹。

人和樹能夠拿來當實驗的比較對象嗎？二者吸收和製造營養的效率可以是一場競賽嗎？江教授一眼便看出照片上甚多不公平的因素，首先，大樹用來吸收陽光和空氣的表面面積實在較男人廣得多，而大樹高於男人，則它所接觸的空氣溫度，肯定又比男人感受的有差別；至於哪方較熱，還得看風速、風向和陽光的方向。水分方面，男人獨享那瓶氯化鈉水溶液。雖然不清楚氯化鈉和水的比例，但這樣被陽光照着，當中的水分多多少少已蒸發成小水珠，附在瓶的表面上，然後又慢慢滴回去，難免使氯化鈉的濃度不穩定。要說不穩定，不得不考慮那條導管。哪怕是風或男人的動靜，都會牽動導管，影響液體輸送，最好把它固定在一支桿子上，垂直而下，成為定點的供應。那麼大樹吸收的水分呢？雨水或是旁邊的女人給它澆了附近水源的水？成分該沒有高濃度的氯化鈉，但酸鹼度和其他物質的比例也要計算在內。女人不該只坐在那裏偷懶，快穿手套抽取樹根附近的泥土樣本，愈深愈佳。不然天黑了，人和樹又各自變更競賽的公式，無法得出能説服校方資助的研究擬案，功虧一簣。

明明治療中心聲稱這些照片是用來改善眼睛的毛病，但江教授總覺得它們好比學生論文的諮詢題目，要她從中挑剔尚可精修的地方，補充大意或脆弱之處，使照片裏的漏洞縮至最小，符合化學系的畢業要求。她一邊走近第二幕黑布簾，一邊猜索如果把夏季期考的題目換成以黑布簾的形式揭曉，可會引起學生措手不及的辯答。

第二道題目為黑白題，請看圖作答：

腳鐐可以應用的地方多得很，監牢裏鎖犯人、農場裏綁母雞、酒店裏滿足偏好色情虐待的情婦，可襯在這女孩的腳踝上，看起來總是有點小題大作。這隻欠缺營養的腳踝到底有多頑皮，或企圖花多少力氣去逃走，才換來日夜的束縛？我們看不到她的臉，只見她蹲在地上，做她唯一可以做的事——閱讀手上數張寫滿某種語言的紙。

也許她也在溫習夏季期考，但她的學校較大學還嚴厲。為了防止你逃學，得以腳鐐禁足；萬一你真的逃學，學校便少了一位定時在門外行乞的好幫手，那麼日常的寄宿成本何以維持？雖然養你們跟養豬差不多，髒髒臭臭的堆在一起睡，水呀食物呀空氣呀，都跟你們一樣髒髒臭臭便可，但學校的空間始終有限，當然優先收留行乞「業績」最佳的可人兒，替學校積穀防饑。女孩手上的紙究竟寫着甚麼？有沒有人教過她？抑或這些紙只是多年不變的象徵式教材道具？如果語言是文明，那麼女孩腳上的鐐扣是用來鞏固文明的學習，還是扼殺文明的自由？她情願目不識丁，遠走高飛，抑或受學校的庇蔭，替它作生財工具？學習從來是自願的好，如果學生不喜歡，即使你不鎖他，他也終會用繩鎖吊自己的脖子，餘下滿地筆記。

對於以腳鐐作為輔助學習的工具，江教授專業地提出若干疑問。首先，照片上的腳鐐是不鏽鋼還是純鐵？如果是後者而沒有塗上防氧化的外層的話，恐怕會很快生出鏽質，減低其堅硬程度。再者，人體的溫度和汗水也會助長腳鐐生鏽，可以的話，先替女孩穿上襪子，這樣便可妥善保養腳鐐。江教授湊近照片，嘗試識別女孩手上的筆記。蜿蜒如蟲的文字黑而粗悍，豪邁的筆法幾乎比得上化學系裏最愛把丙酮和乙酸苄酯調成香水自用的樊教授的字跡。這些文字看上去沒有符號，肯定不是化學公式，但到底是哪裏的語言呢？怕要問問外文系那邊的人。

這學生算是為了學習而無所不用其極了。在我的班裏，有人打瞌睡，有人打遊戲機，有人打情罵俏，結果都被我打的分數搞得永不超生；用功的那一批呢？他們倒也各出奇招，瘋狂喝能量飲料後，又即場回播我講課的錄音，誓要在下課前把它倒背如流，幾乎能代替我在講台上的崗位。腳鐐嗎？偏偏還未見有人派上用場，看來這女孩是可造之材，讓她上我的課應該省心得很。其實專心學習的能力，早該自小培養，像這女孩愈早掌握心無旁騖的方法，便愈快吸收所學，效率永遠是無涯學海裏最能讓你遠航的指標。你看現今的「虎爸虎媽」，誰不拼命地催谷子女的學業？鐵加碳就能變成鋼，但若不想怨子女恨鐵不成鋼，加碳是沒用的；或者加功課、加補習時數、加罵幾句甚至加腳鐐，才有機會讓他們爭進我的大學，再跟其他高材生爭獎學金。

女孩不知道獎學金是甚麼，但她知道金正是學校每天要她討回來的東西。差不多時候了，女孩軟弱無力地試圖從腳鐐中掙脫出來，身體和鏈扣震顫成無從認知的雪花，非要江教授拍拍額頭不可，把女孩拍回原處好好學習。

第三道題目處處是紅色，紅色代表不及格還是滿分？

一位少年站在鏡頭的中央，戴着一頂典型的聖誕帽，看上去絲毫不像聖誕老人。他的確沒打算裝成聖誕老人，也從不考究聖誕節的原意，反正他每年皆自行把這節日定義為到工場打工賺錢的好時節。這裏便是他的工場，身後兩面大牆板全被染成應節的紅色，準備出發往商場或市集，充當別人照片裏的底色。除了牆板，空氣、少年臉上的口罩和身上的工作服都受盡紅色的傳染，大概是聖誕老人派下過分熱情的吻。你看，一束日光剛巧從狹窄的窗縫射穿空氣，降在少年的頭上。那段被照亮的空氣閃着密密麻麻的紅塵，宛如一帶星河游向少年，使他成為萬紅叢中一個人。他托大家的福，全靠世界無數需要被染紅的聖誕用品，他才有幸浸淫在可見可嗅，甚至可滲進皮膚裏的紅塵、紅漆和紅泡沫中。雖然他不明白，為何聖誕節是一個如此渴求紅色的節日，但這工場偏又能勉強解決他對金色的渴求，對，於處處紅色中賺來的錢是血汗錢，也是金一樣的年終薪水，衣食住行都靠它。少年不介意身上紅漬斑斑的工作服把他弄得像這節日裏的傷者，既然是普天同慶的大日子，理應只有樂，沒有苦。相信少年於口罩下，也正擺出替大家高興的笑容，聖誕快樂！

少年班門弄斧，居然給鼎鼎大名的江教授出了數道化學系一年級的考題，且看她如何輕鬆地取下滿分！來，這麼顯而易見的紅色粉塵懸浮在空氣中，根本就是要考問粉塵爆炸的原理。總之，如果照片裏的空間真的只有旁邊一隻小窗的話，不良的通風加上這堆看上去濃度頗高的粉塵，只要和氧氣混和並且遇到火源，粉塵便會高速地接連被點燃，形成爆炸。很多同學都忘了在考卷上寫下通風不良這一點，我在這裏不厭其煩地再提醒各位。至於後面的紅牆上還有未乾的油漆，想必跟油漆的成分和牆的物料有關。如果牆身是金屬或需要防腐，那麼這紅漆該是乙烯基漆，但換成是木牆的話，為了達到較佳的表面硬度和亮度，最好選用硝基漆，這樣才可避免漆膜變色或裂開，對嗎？江教授氣定神閒地回答少年，倒欣賞他能於一幅照片裏包含多樣課題，是綜合考卷的模式，不錯。還有呢？衣服髒了就得拿去洗，可要洗掉油漆，必定要用洗汙能力強勁的洗衣粉，靠當中的表面活性劑、漂白劑、鹼劑和軟水劑去掉漆漬。聖誕帽也要拿去洗嗎？反正它本來也是紅色，算了。別忘了口罩這一題，要濾除空氣中的粉塵，主要靠口罩第二層的不織布，以其靜電吸附功能，隔濾百分之九十以上的五微米顆粒。至於顆粒是紅是綠，則無關係。江教授的答案該拿得百分之九十以上的分數吧，她自豪地深吸一口氣，絕對不怕嗅到紅塵紅漆的氣味。不知道今年聖誕節時，江教授的眼睛康復了沒有？

餘下七分半鐘，江教授果然把答題的時間分配得平均妥當，可能還有幾十秒重溫先前的題目。最後一題通常是挑戰題，涉及課程範圍以外一些參考書目的例子和討論，拿不拿到甲＋成績就看這題。她一向特別喜歡批改考卷的挑戰題，誰勉強把公式蒙混過去，誰斗膽自創結構不全的切面圖，誰苦心到圖書館借閱她推薦的參考書，她都可憑這題通曉得一清二楚。黑布簾下藏着一張不大尋常的臉，這張臉可會認為江教授是化學界裏甲＋的人才？

沒甚麼花巧之處，純然是一位女孩的半身照，只是她的五官明顯不大純然。縱使鏡頭不忍靠近，縱使涵和江教授的眼睛不忍注視，縱使你不怕看下去，女孩的臉始終無法仿效常人的標準，把雙眼放近鼻梁兩邊。她的眼睛活像她用黏土捏出來的人偶的模樣，遠遠的長在兩邊額角，留下闊而霸道的眉心。她也許以為自己的視覺因而異常寬廣，甚至有可能勝過「弱視不等於弱者」嘉年華中某些參加者，但當涵教她拿相機拍照時，她才發現涵所指的前方，跟她以為看到的前方不大一樣；她得把頭扭側一點，才能從小視窗裏看到涵正視的前方。不要緊，比起村裏其他孩子，女孩算是長得不錯，至少顎和唇沒有歪歪崩崩，吃東西和打噴嚏時也不感到痛，頂多兩隻尾指後面，照例多長兩隻無法命名的手指，洗手時仔細一點便好。她望着涵的臉，倒嫌他的眼睛走得太近，彷彿臉上不夠空間讓它們住得鬆閒一點，跟她的父母和江教授的眼睛一樣。人們不是說小孩大概都跟父母長得差不多嗎？怎麼我跟父母一點也不像？難道父母以外，還有誰幫忙一起把我生下來，生出我這張臉？江教授你這麼厲害，快答我吧！那個你一直不敢說出來的化學名稱，正是我的另一個姓氏吧！它怎麼讀？再教我一次，我要全世界的人都記住是誰送我這張臉。

四氯代苯和二氧芭，記不住的話，就簡稱二噁英化合物。它本來不計劃當你們這些孩子的第三位父母，只打算充當除草劑和落葉劑，讓敵軍無法藏身於叢林中，被迫現形。可後來戰爭結束，這些因為被裝在橙色桶裏而得名「橙劑」的二噁英化合物，仍然大規模地殘留在泥土、水源和流進大自然的食物鏈。我不敢告訴你，橙劑不僅欠缺橙的香甜，還含有毒素極高而又不易被身體排走的致癌成分，對，就是單聽起來也知道它不是好東西的二噁英。癌是甚麼？我當然希望你日後不用親身感受它，可惜你的雙眼和手指，連同其他孩子的顎和唇，甚至神經系統、免疫系統、生育能力和智力，恐怕都受到橙劑的不良遺傳而遜於他人。

不只你怕橙劑，在化學界的歷史裏，誰也怕它。偏偏當時有兩間化學公司為了戰爭而大量製造橙劑，使禍害延及包括你在內數百萬人，一代傳一代。即使你父母的樣子正常，他們的血液也早已被「染橙」。那兩間公司簡直是化學界的毒瘤和恥辱。化學物有毒或無毒，本是它自身的屬性，或依循化學原理而變成的特質，絕非有意與萬物為敵。立心不良的人偏要賣弄淵博的化學知識，學以致用，用來挑撥戰爭和荼毒生命，真的連學位也不該頒給他們。如果我的化學造詣也跟他們不相上下，我願意埋頭鑽研能夠溶解、稀釋或中和橙劑毒性的化學物，我的眼睛應該還可在實驗室裏多吃一陣子苦。橙色，甚麼能消除橙色？丁二醇？碳酸氫鈉加苯甲酸甲酯？至少要加熱至攝氏七十五度，然後用醋酸鉛試紙，看看會否變黑……女孩斜着頭盯緊江教授，質疑她的化學水平連丙＋也未及。

十八

差不多是午飯時候，難怪嘉年華裏漸漸滲溢着令人垂涎的香氣，催誘四面八方的步伐往飲食區擠。那區的攤位省卻遊戲，食物直接一買一賣，儘量於這一、兩個小時的高峰期內加快人流運轉，吃飽還有下半場的娛樂。涵和聶找了好一會兒，才瞄見工作人員的飲食專區。正當他們從隊伍中伸出頭來，猶豫不決地挑選湯和飯菜時，嘉年華的中央廣播偏提醒部分參加者不要吃得太飽：

「『高空鋼索』最後一次召集！『高空鋼索』最後一次召集！請所有參加者於一時十五分前到Ｂ２區報到，準備更衣和檢查安全裝備。如有疑問，可找場內的秩序專員協助，謝謝。」

飲食區的工作人員和食客似乎因為聽到這廣播而加快動作，盛飯裝菜俐俐落落，狼吞虎嚥後馬上收拾，好像那「高空鋼索」是一項不能錯過的節目。他們是趕着去參賽還是觀賽呢？哪一類病人才適合參賽？秩序專員陸續帶領焦急的病人前往B2區，尚餘三十多分鐘。

「『高空鋼索』又是甚麼玩意？聽起來好像是今天的重頭戲，我們要不要也吃快一點，趕去那裏搶一個好位置拍照？高空的遊戲應該有不少觸目的畫面！」聶打開飯盒，排骨、南瓜和白飯構成整齊平均的三色。

「我也不知道，但我們視力正常的人在高空也不會有十足把握，何況是眼睛有問題的人？看走馬燈和血腥影片都算了，還要把病人弄上天，真不知道頭獎是甚麼，才可吸引他們冒這麼大的險。」涵胃口不好，只喝一碗蘿蔔湯。

「可能跟其他遊戲的道理一樣，病人的弱點正是他們在遊戲中的強項呢！你有沒有記起甚麼病例是跟高空有關？甚麼眼睛不怕高空呢？」聶吮着排骨抬頭望天，天空沒有甚麼可怕。

「有些人看天空時，可能會容易感到暈眩，極端一點的例子甚至會以為天空正高速地壓下來，使視覺上的空間變得狹迫和悶侷，但能在高空上佔優的眼睛，倒未聽聞過。」一涵扭頭張看嘉年華的後方，一條莫名其妙的黑線孤單地裝飾遠處的上空，兩端各以一支桿子撐着，是晾曬衣服的好地方。「B2區在後面，吃完過去吧。」

只是參加者集合的時間到了，又不是遊戲開始的時間，可B2區那條高空鋼索下，已圍滿引頸以待的羣眾，還不時傳出尖銳的歡呼聲。鋼索看起來足十五米高，橫橫挺挺的架在兩根附有階級的桿子之間，好比一道線條分明的大門。桿子隔開六至七米左右，中間放了一張圓圓的安全網，對準上面的鋼索。一邊桿子附近列着數名整裝待發的參加者，連身的保護套裝讓他們看起來像一隊裝修工人，或即將升空的太空人。秩序專員紛紛圍着他們團團轉，逐一檢查肩膀和腰間的安全繩扣，以防萬一。

「請問這遊戲適合甚麼類型的參加者？他們順利走完這條鋼索便贏嗎？」聶趁一位秩序專員退至更衣室附近拿取後備繩扣，即挺住相機上前詢問。

「是的。凡是眼珠無法滾動的人皆可參加。我們希望借他們只懂定定地向前望的眼睛，撇除一般人從高空向下看而產生的恐懼，讓他們能漠視高度，征服高度，以堅定不移的視線引領他們邁步向前，輕易地把高空當成平地。只要望不見腳下離地多高，專注地瞄準對面的桿子，一分鐘內定能走完。」秩序專員不等聶回應，便又奔回參加者身邊，補上及格的扣子。

「啊原來是這樣！辛苦你了。」聶知道涵一直在身後聽着，乾脆不複述了。

「眼睛動不了的人真的不會畏高嗎？這鋼索看上去起碼十多米高，在上面鋌而走險，總不能騙自己那是平地吧。真虧他們想得出這玩意來包裝壞眼睛，這些參加者似乎信心滿滿，好像非要於大家面前演一場好戲不可。」四處人山人海，聶拿不定主意該逼去哪裏，才能讓鏡頭瞄準整條鋼索。

「這真是瘋得不成道理，走鋼索可不是不畏高就能成事。四肢的平衡、集中力和步伐的節奏也很關鍵，要是真的只要不向下望便能過關，那麼運動員便不用長年苦練身體和心理質素。」涵左顧右盼，終於覓見對面桿子下劃出一個媒體攝影區，凡有相機的人都該到那裏去。

「希望這幾位參加者之前已試玩過吧，不然一失足，被安全繩吊下來左邊右邊，便變成真正丟臉的弱者了。」聶跟隨涵沿人羣的外圍繞至媒體攝影區，十多部相機早已把鋼索一帶看得滾瓜爛熟，只待主角登頂，化身步步驚心的迷你剪影。明明攝影區不算小，偏偏攝影師們全都擠向區邊的圍欄，連腰帶臂的把半截身子往外伸，彷彿手上的相機和上空的鋼索是兩頭異性相吸的磁石，幾乎要把攝影師整個人抽出區外。他們和鏡頭同樣專注，就緒多時，期待的到底是大顯身手的英姿，抑或時時瀕危的醜相？在各小視窗裏，似乎已預演了多遍令人目不轉睛的不同的畫面，可當中大概只有數幕跟接下來的現實相似，甚至全數也跟現實截然不同。鏡頭是貪心的許願者，可惜過多的願望或許反而會令你一無所有，只餘不值一看的爛照片。聶決不要拍下爛照片，於是他厚着臉皮，強行借攝影師們之間的空隙，試看小視窗裏的光暗、角度和可移動的範圍。他只顧愈擠愈前，儘量把鏡頭傾至圍欄外，搶佔前線的畫面。誰知他頭一回，才發現涵一臉無所謂的樣子，靠在後排調校相機，還向聶打了一個眼色：「你拍你的吧！」聶只好照辦。

三連拍的掌聲忽然淩厲地響起，鼓勵第一位參加者拾級爬上桿子，娛己娛人。手腳纖長的青年不疾不徐地連攀數級，固執地免卻歇息的需要，一口氣讓高度逐漸把他縮成鳥一般的大小，天空偏在他的眼中愈長愈大。人羣為了把喝采聲傳至高空上的青年，紛紛不遺餘力地愈喊愈亮，彷彿人聲能化成他腳下的一道橋，安全地支撐他走向終點。他先在桿頂上立了片刻，一來享受萬人之上的光榮，二來給予攝影區內的相機足夠時間，認清他如何得意自信。

不要再蹉跎了，獎品倒是以時間計算的。青年無處可望，只能凝視對面的桿頂；一伸張雙臂平衡，便如鳥兒展翅般，帶領雙腳輕快前行，料定速戰速決才能減省身體重心和地心吸力之間的拉扯。他很快，快得幾乎如走在針氈上，輕輕一踏便又提步向前，連鋼索也無法挽留他的碎步。攝影區內的相機倒靈活地留下青年坦蕩無懼的身影，不論是快速連拍的模式，或是把畫面放大四點五倍，都能讓他蹦跳在小視窗中，近得就在攝影師的眼簾前。聶趕得及於青年踏抵另一支桿子前，多拍數張遠景，以凸顯青年和天空的大小比例，連桿子的高度也呼之欲出。

歡騰的呼喊聲源源不絕地伴送青年沿桿子爬下來。這刻，他成了盲城的英雄，為腳下的羣眾吐氣揚眉，領頭宣示非凡的眼睛所賦予的強勢，叫所有眼睛不要小看他。

喜事當然得接二連三，於羣情洶湧下，一名束着馬尾的嬌小女子從桿子下起步，如一顆穩妥的音符，依循人羣的聲頻逐步遞升至更高的音階。雖然她的手腳看起來僅僅夠長觸及上一個階級，但她每一步似乎都把握得十拿九穩，沒有猶豫的搖擺。很吵，果然蹲在桿頂上，仍能聽見下方的人力竭聲嘶，而如此隔空的聲音傳遞，居然讓女子粗略地辨知她離人聲多高，對，聲音是一種聽得見的距離。頃刻間，她禁不住幻想下面的呼喊是波波企圖把她拉下的引力，稍一分神，即被這些無形的聲波覆捲下去，等於被吵死。眼睛叫女子別多心，對面的桿子不是不發一語，耐心地等候她光臨嗎？它才是引力的起源，是她不得不去的歸宿。

吸一口氣，女子便從桿頂上站起來，緩步踏上樂譜其中一條線，線上沒有別的音符。她奏的是一曲慢調，主張欲速則不達，連雙臂也沒有伸張開來，純然是一般走路的姿態。下面的人聲伴奏依然熾熱得幾乎喧賓奪主，使女子快要維持不了自己的慢拍。慢和快之間差多少步呢？差八、九步而已，聶從小視窗裏替她數算，勝利在望，望在她和眾人無法轉動的眼睛裏。她想變奏，慢調實在使她悶慌了，就趁結尾催快節拍，來一個激昂的了斷。可除了腳步激動起來，女子的頭居然也如指揮家般，忍不住上下扭動了一下，結果一低頭，腳下的十多米便伺機放大她的視覺和恐懼，使她驚見這嘉年華的面積原來如此大，是她無法駕馭於腳下的天地。

曲子掉音了，女子被自己的眼界收服，倉倉皇皇地從鋼索上掉下來。地上的人聲隨即變調，一致高企不下的驚呼。難得攝影區裏的鏡頭終於大開眼界，它們當然處變不驚，緊隨女子飛墮的曲線，誓要把渺小的她收進小視窗內。聶連連按下快門，從鏡頭射出去的快箭瞄準女子直追。她倒沒感受到光箭的入侵，只覺腰間的繩索不斷延長，似要把她放逐到無可預計的邊緣。涵也好奇，為何女子趨向的方位竟愈來愈偏離安全網？到底是誰的預計出錯？他信不過小視窗那狹窄的視線，乾脆睜大眼睛，朝上看個究竟。

女子身上的繩索早已是一條不受拘束的長尾巴，脫開鋼索上的繩扣，純然順隨她的重量自由地擺舞，不管天高地厚。顆顆鏡頭實在被驚喜的畫面迷得出神，一邊奢望女子能於空中減速，讓它們拍個夠，一邊倒急不及待揭曉她的下場，那最終的畫面肯定搶眼得能構成無可替代的照片。女子多善解人意啊，為了讓攝影師們如願以償，居然正正向着攝影區墜落，體貼地遷就鏡頭的角度。那不是栽不進安全網嗎？涵較所有鏡頭看得清楚，料算最終的畫面將是一地粉身碎骨。他想造反，狠下心腸打破這注定被鏡頭虎視眈眈的畫面，可惜當他從攝影區的後方跨過圍欄，打算趁女子還未着地，急急把安全網強拉至她的腳下時，重重一個休止符「砰」一聲壓在攝影區旁，遏停全場聲響。

女子躺在涵六步以外，眼睛依然不懂轉動，呆癱地凝視他掛在胸前的相機。她知道涵理應想拍她，她也根本毫無能力阻擋鏡頭，可她卻意外為何涵遲遲未舉起相機，浪費她一生只得一次的無可逆轉的畫面。這攝影師真笨啊！女子一邊嫌涵不務正業，只管對她的頭顱和胸腔毛手毛腳，一邊卻在心裏感謝他沒把這嚇人的死相留存於世，女子都愛漂漂亮亮的。

「快叫救護員過來！」涵蹲在女子身旁，以為大喊便可把她喊醒。

過來的不是救護員，而是「吱吱」不倦的相機。「死光」難能可貴，是頭條新聞至高無上的光環，大批相機當然知道勤有功，多採女子的「死光」便能立功。聶也賣力地為治療中心立功，可顧得跟其他攝影師你推我撞，又顧不來托穩相機對焦。他很急，明明涵可以跟他裏應外合，分頭搶拍女子面容的特寫和全身的畫面，可涵偏偏毫不識趣，不碰相機不說，還整個人擋在女子面前，為難所有鏡頭左避右竄。

「不要拍了！」涵多想這樣大呼，但身為攝影師，怎能否定當前畫面的價值？怎能剝奪其他攝影師採集光線的權利？只有女子才可就此表態，她不作聲，是默許拍照的意思嗎？

涵的背部如盾牌般受盡鏡頭的攻擊，他甚少成為這麼多鏡頭下的主角；剎那與鏡頭為敵，難免使他質疑到底是鏡頭變了心，還是自己變了心。於重重鏡頭中，他瞥見連聶也爭先恐後，歪着身子以鏡頭搶攻，好像認不出鏡頭前的他是誰。他一手按下聶的相機，惹得旁邊的攝影師以為他也要對他們出手。正當大夥兒打算開口聲討涵礙手礙腳時，一羣秩序專員和救護員慌忙地衝開攝影師的陣營，俯身驗證女子是弱者還是死者。

涵功成身退，不，他既沒拍到照片，也救不了女子，何功可言？現在周圍的鏡頭都放棄他，轉而瞄向救護員亂糟糟的背影。聶知道現場再也沒有自己相機的分兒，只好不明不白地退至涵身邊，分不清二人之中，究竟誰該生氣。女子被無計可施的救護員抬離Ｂ２區，引得整堆鏡頭依依不捨地目送她，「咔咔嚓嚓」的快門聲參差地合奏一首安魂曲。

「請各位注意，今天的『弱視不等於弱者』嘉年華提早結束。請各位按照秩序專員的指示，於中央公園正門的出口離場。如未換領入場票附送的禮品，請保留票根，並於一個月內聯絡嘉年華的熱線中心，以便安排寄送禮品，謝謝。」中央廣播無奈地掃大家的興，可現場沒有一絲喝倒采或唾罵的聲音，誰也只管忙着用視覺尋找嘉年華的出路，省得瞅攤位遊戲一眼。

「結束了。」聶伴在涵旁邊，一起倚在安全網的邊緣。

「樂極總是生悲，對嗎？」涵盯住女子剛才的降落點，驚覺地上的血灘原來已被踐踏得花斑斑，幾乎如眼睛裏的錯覺。

「這不也就確確鑿鑿地證明，這城的眼疾始終是一場禍嗎？任政府和病人以為能借壞眼睛自得其樂，到頭來還是敗給現實。」聶一直擔心各種各樣的眼疾有天會找上他，害他這刻連說說眼疾的是非，也怕被它們算帳。

「如此顯而易懂的道理，根本用不着以一條人命去證明。你看，連我們也居然笨得來到這裏，眼睜睜的為這場荒唐的笑話作證，還說我們是甚麼治療師，真諷刺。」鋼索的影子如一道筆劃般刻在涵的腳前，他不忍踏上去。

「我們的確是照片治療師，為了拍拍照片而來，沒想到最該拍的竟然——」

「你這次拍到我沒拍到的，該換你當首席攝影師了。」

「你在攝影區裏一直沒拿起相機嗎？當我在小視窗裏瞄見你衝向這安全網時，真不知道該拍你還是拍她。」聶聽到自己的說話好像不大順耳，只好糊糊塗塗地把相機收進背包，免它再惹是生非。

「我只是拍了數張遠景，直至她走到一半時，我乾脆放下相機，用肉眼追蹤她的一舉一動，好像無法繼續用相機把我和她隔開。眼前的畫面不再是純然用來填充小視窗，而是我可以加入其中，在照片以外活生生的範圍裏改變實況，可惜不安守本分的結果還是這樣。」涵悔恨坐在安全網上的居然是自己和聶，而不是那女子。

「我在想，攝影師的本分到底是甚麼？充當一名旁觀者，用相機記錄眼前的畫面？我以為不論任何情景，攝影師皆只能眼看手勿動，如相機和前面的畫面，永遠隔着一道透明的牆；攝影師無法伸手進去牆的另一邊，只可以用手抬着相機，隔岸觀火。聽起來好像很狠心，連我剛才目睹悲劇隨快門的開合逐步發生時，也在想自己那刻最大的本事和責任，是否僅僅捧着相機不放就夠。既然身旁的人跟我同為攝影師，既然我們全被限定在攝影區內，那麼圍欄便成了相機和前方之間的牆，禁止我們干涉攝影區外的一切。」聶扭頭望向空無一人的攝影區，連他和涵都不在裏面，那麼二人還是攝影師嗎？

「我一直用相機隔開自己和世界，認為相機是我和世界之間最佳的距離。很多時候，相機可以讓我名正言順地置身事外，反正只要獲得能代言事件和代言我的照片，世界已算是有我的分兒。即使沒有這攝影區，平常我也會為自己劃一個隨身的攝影區，讓我走到哪裏，都能安心地駐足在內，跟外頭河水不犯井水，把畫面借進鏡頭後便一走了之。雖然如此事不關己的態度非常自私，但其實我和相機都被動得很。我們往往只能被世界的畫面牽着鼻子走，哪裏好拍便到哪裏去，彷彿只要相機在手，除了用眼睛和手拍照外，人的一切能力通通被廢。如果這是攝影師的本分，那麼在剛才的情景中，人的本分是甚麼？當我放下相機衝出攝影區時，我便被世界迫使決定辜負相機的期望，以換回人盡可能的力量。與其用相機把那女子網羅在小視窗裏，我更希望踏踏實實地用這安全網接住她，這是我作為人最該跟她達到的距離。」涵摸着胸前的相機，感謝它讓他認知自己的意願。

「你主動過了，只是現實始終比你快了數步。」

「當我撲至她的身邊時，很怕她看見我的相機。雖然她全身動彈不得，沒有明顯拒絕拍照的意思，但那連求救也無力的眼神，足以説明她受不了旁人乘虛而入，在她狼狽之時，榨取她不願洩露出來的神色。對她來說，讓她上鏡等於無情地把她的不幸借題發揮，使她傷上加傷。」

「所以你便為她擋住我們的鏡頭？但你也應該知道，她的下場絕對值得靠照片曝光，不然我們憑甚麼證實和總結這嘉年華的結果？你一直提醒我，愈慘不忍睹的畫面愈要拍下，好讓照片賦予那些事件曝光的機會，引來世界關注，有望阻止或避免相似事件繼續發生。這些照片絕非純然用來滿足相機和攝影師，也不一定是攝影師邀功或成名的籌碼，而是為了宏觀和客觀的普世利益，擔當從實招來的借鏡。在攝影區裏看似自私和沒有人性的鏡頭，大概也背負着比照片本身深遠得多的苦心，盡是忍耐和責任，不是嗎？」聶不至於感到委屈，但仍然沒有信心分清甚麼可以拍，甚麼不可以拍。如果相機具有提示功能，為他區分二者，他便能放心地照着辦。

「我當然明白你們拍照的用心，也不全然否定當時那畫面的價值，但我們得弄清楚，那價值只是攝影師一廂情願地賦予照片。至於當事人呢？那女子可曾以同樣的價值，看待自身的遭遇？我看她自身難保，實在無法認為，除了即時有效的救援外，她還能兼想那刻對日後整體社會的警示。她痛不欲生，應該一心只想看到身邊的人切實地對她施以援手，把她視作一條急需幫助的生命。倘若她見到周圍再多的人也只是對她不聞不問，只管趁她瀕危這大好時機，趕緊不問自取其痛楚的複印本，存到相機裏，這不是比無人在場更殘忍，更使她焦急和無奈嗎？」

安全網默不作聲，嫌涵和聶太重。

「當我用身體護着她的臉時，我幾乎感受到快門所偷採的不僅僅是光，而是她所餘無幾的氣色和尊嚴；你每按一下，她便氣餒一下，直至她完全被放涼，放棄把生命交託至任何人的手上。從我跳出攝影區那刻起，我已作出攝影和救人之間的取捨。大概因為我眼睜睜的望見自己來不及把這安全網拉向她，引致她的生命就在我幾步以外溜掉，所以我才更加抗拒在她面前，透露攝影師這身分。我只願她能毫無顧忌地接受我最後的支持和陪伴，相信我絕無背叛或對不起她的意思。如果她當時對我真的有幾分信任，那就絕對值得我在眾多鏡頭前，盡一己之力，卸掉她皮肉以外的負擔。我推下你的鏡頭，不是因為我不認同你作為攝影師的使命，而是當時我根本連攝影師也不是，我和你各司其職而已。」涵抬頭瞄瞄上方的鋼索，不禁認為它實在可怕得如刑台。

「我和其他攝影師拿相機咬住她不放，倒不是存心要在她的傷口之上灑鹽。眼見她無辜地淪為這嘉年華實驗的犧牲者，實在不忍她的去世純然是一場一文不值的去世。今天我們已在這裏喪失一條生命，如不抓緊現場的機會，從這損失中拾回一些由照片轉化出來的價值，那豈不是徹底地蝕了？正正因為我們不想那女子白白犧牲，所以才為她留下申冤狀，希望日後政府能還她一個公道。」聶的照片究竟拍得如何？足夠清晰和震撼，成為他所說的申冤狀嗎？他恨不得馬上回治療中心，於電腦前逐一查看剛才的照片。

「她生前我救不了她，她死後的確得靠你的照片沉冤得雪，讓大眾痛定思痛，好好認清這城市的亂象，不要再被糖衣包裝蒙混在內。我們趕快回去整理照片，挑選幾張轉發給新聞社，他們需要照片寫稿和排版。記緊叫他們把你的名字也刊出來，這可是你第一輯新聞照片，聶景基。」涵從安全網躍下來，不在乎秩序專員的去向。

十九

與其多花三十分鐘到北區看照片，不如早點回大學的實驗室，研製對付橙劑的化學品。江教授趁無人在場，一邊看錶一邊踏出東區，幾乎如曠課的學生般鬼祟。可當她快要走到治療中心的玻璃門時，那門忽然從頂至底結起霜來，跟她眼裏的雪花混成一片，儼如一道被冰封的門。她卻步，一時忘記只要向額角連拍數下，便能敲碎冰門逃生。學校有校規，治療中心也該有覆診的規矩吧。江教授是千萬學生的榜樣，怎可以其身不正，公然違規？北區那節課總得上，快拍散眼前的雪花，轉身回去揭曉涵的作品。

如果北區的主題跟之前一樣的話，那麼這數幅照片該又是和我的過去有關。江教授始終屈服於制度和規矩下，折返北區且看它的葫蘆裏賣甚麼藥。她一向以了不起的記憶力為驕傲，別說過去的回憶，連整座書架上所有化學公式、化學作用、化學圖解、化學例子等，她都能毫不猶豫地反覆背寫出來，絕沒忘記的可能。不論之前這區的照片看上去如何陌生，江教授總能想起它的來歷，明明白白地懷舊起來。她拉開第一幕黑布簾，以為回憶早已不再新鮮。

十多張圓桌逼滿整個學生飯堂，桌與桌之間只留數步的距離，讓學生步步為營地托着餐盤經過。他們或找座位，或找朋友，或避開仇家，無非想安心地吃頓飯。江教授，不，江同學最常坐在電視機和風扇下，每半小時播放的新聞格外讓她感到校園跟外頭相比，簡直是一塵不染的天堂。領餐前，她和化學系的同學早已把筆記逐份鋪在圓桌上，一來霸位，二來爭分奪秒溫習，讀化學根本沒有捷徑。論成績，江同學不算是桌上最好那位，自然不怕厚着臉皮東問西求，煩得其他同學遲遲未把飯吃完。他們有時候溫習得死去活來，難免互相質問選讀化學的原因，以為把大夥兒的後悔加起來，便能產生笑話——這不是化學作用。江同學依舊以碟上的飯菜作例，純然指出萬物皆由成分組成，由成分說起，如碟上可分為白飯、豬肉、椰菜花、洋葱和黑椒汁，而這些分類又可再被細分為水分、可溶性纖維、葉綠素、微絲血管等，使一切的味道、營養和消化過程有根有據，得以從頭追溯。化學教她解構世界，小如原子，大如原子彈爆發出來的毒霧雲朵，通通由成分和成因結合、變化，甚或排斥和抵銷而成；各樣化學結構和作用都富千迴百轉的情節，江同學實在被迷在所有來龍去脈中。口在咀嚼，腦袋同時拆解食物的元素，以為飯堂的廚師跟教授一樣要考驗她。

學生飯堂還是這個樣子嗎？自從博士畢業，於化學系任教以後，一直只到教職員餐廳吃飯。現在看起來學生飯堂真的太擠了，怎樣坐也不會舒服。出餐大姐的叫號又沙又刺耳，鄰桌的同學隨時練唱迎新會的主題曲，還有餐具區裏鏗鏘過頭的刀叉聲，不行，哪能在這裏專心溫習、專心吃飯？那時候跟我同桌的幾位同學，學士畢業後好像沒再升學，可能連工作也早已跟化學無關。說起來，還真多得他們當年分工合作，各自專讀一個大課題，然後寫下精簡的筆記互相傳閱，高效率高分數的學習方法，這一代的學生應該還用得着吧？雖然有時候大夥兒吵吵鬧鬧，但始終學生這身分就不用顧甚麼面子和尊嚴；不懂便問，不行便求助。哪像現在當教授做研究，誰能閉門造車，誰便最有本事；誰不恥下問，誰便成為笑柄。高等教育的研究，講求原創、獨立、自說自話。你問別人一句意見，就得把他的姓名和見解寫在研究報告的附注中，讓他伺機喧賓奪主，搶去你的風頭。教授遇上問題，能找誰？還有甚麼問題是教授不懂的？即使偶爾在教職員餐廳裏碰見其他教授，大家也識趣地不提手上的研究，怕對方抄襲，怕對方不保密，還怕自己不夠自以為是，少了幾分權威和專業。

除了學術研究，課程教學和部門行政的負擔也不輕。課程如商品，誰的課最多人報讀，誰便被捧為明星教授；誰的課收生寥寥，誰便得於系內會議中，檢討其「商品」的包裝和市場策略，説服大家不要把它「下架」。十多年來，我從無數會議中復活和掙扎，機靈地躲開謀權的小人，才能坐穩首席教授這位置。這位置跟學生飯堂裏的座位一樣，都得霸，但跟化學之間的距離呢？首席教授以上是否就是化學世界的頂蓋？以下又還要充塞多少跟化學無關的人事？如果江同學屬一種單一的化學元素，那麼江教授便無法否認自己是一樣複雜的化合物，既不易被分解和分析，連學名——即職銜——也隨時任人配置，成分不由自主。

學生飯堂甚麼時候關門？待會回去先吃個下午茶，才上實驗室。碰到學生的話，打個招呼便好，他們該不會過分得要我請客。江教授走向第二幅黑布簾，簾下的照片跟她那段記憶一樣，只有黑白。

墓碑上的照片和文字被相機刻意地弄模糊了，焦點只落在碑前那盒半舊不新的鬥獸棋上。是不是江教授小時候跟爸爸經常玩的那盒呢？還是陌生人的家屬留在陌生人墓前的玩具？江教授的爸爸還沒看到她成為首席教授，便因急病去世。他當然也不大樂見女兒成為化學系教授，畢竟從她進大學唸化學起，他便非常不看好女孩讀純科學，說讀科學的人不懂人情世故、冷冰冰的，整天整夜躲在實驗室裏，跟毫無情感和生命的化學物玩遊戲，遲早憋出自閉症或妄想症。

江教授沒多理會爸爸的偏見，反正唸學士、碩士和博士的學費，全由她替別人的孩子補習賺來；財政和學業俱獨立於家庭，自然家庭也與她無關。頂多在學士畢業禮上，江同學和爸爸雙雙板起臉來，惹得其他同學以為二人還嫌畢業總分不夠高。江教授多希望家庭真的與她無關，這樣的話，肯定能省卻系內的閒言閒語。好幾位教授仗着父母是外國名校的校友甚至校董，經常拈來兩地學術交流的機會和升遷的推薦，還在江教授背後說她並非出身自書香世代，天資和背景見不得人，難以使化學界的學者拜服。好了，爸爸不在，江教授的家庭背景終於斷了線，誰也無法把她的功過賴到家庭上，連她自己也不該認為對化學從一而終，倒會令爸爸無法安息。

爸？是你嗎？這盒鬥獸棋是我那天放下給你的嗎？想不到居然在這裏見到你，不，那豈不是讓你知道我的眼睛生病了？先不要又怪到化學的頭上，目前根本沒證據指出，讀書太多會傷眼睛。況且我做實驗時，總會戴上保護眼罩，眼睛出事不一定跟化學有關。你有聽聞我當上首席教授嗎？你一定更加生氣吧。其他教授不服我也算，可連你這位毫無化學知識的外行人，到底憑甚麼一直小看我呢？不只小看，簡直是歧視。我愈賣力讀上去，你便愈要把我說成是個不孝女，好像我讀書是為了刻意跟你作對，書本不過是我拿來逆你意的工具。你想太多了，我對化學義無反顧、孤注一擲，純然因為我早已認定它是我的命。即使沒有血緣，它也會忠誠地跟我一輩子；即使你諸多反對，甚至像現在走了，我也可以一直帶着它過日子；即使系內的人背棄我，例如遲早拿我的眼睛作借口，把我從現在的職位拉下來，我也不會失去化學。我跟它不離不棄，你知道這樣跟學問的關係多難得嗎？與其說我讀化學是為了惹怒你，我寧願承認，我拼命換來成績和教職，或多或少希望你能相信，化學也可使我受人敬仰，絕非一門窮途末路的學科。

如果你少為我操心一點的話，那病會不會來得慢一點？你會不會活得久一點？我沒有恨化學把我們拉開得不成父女，我也沒有恨你把化學看成歪路、不歸路。正正因為你這麼不看好我的前途，我才真的不許自己留有化學以外的後路。不成功，便成仁，是你的壞嘴巴和壞眼光不斷從後推進，把我逐步推上現在的位置。知道了，我知道你用心良苦，最後還苦了自己，養出病來。是看不下去我的所作所為嗎？還是始終心腸硬，寧死也不願親眼見證我讓你心服口服的光榮？你既然在天上，就得公平點，不要亂耍小手段，以為把我的眼睛弄壞了，我便從此跟化學絕緣。要是我的眼睛再不好起來，化學系的人肯定又把你搬出來，說我們不是書香世代不只，連眼睛的基因遺傳也異常差劣，幾乎未達當人的資格。

爸，保佑我吧，反正我已走到這裏，就繼續讓我走得更遠，別拒絕替我驕傲。

江教授湊近照片，竭力地用眼睛辨察墓碑上的字，是否正是爸爸的姓名和去世年份。雖然字體模糊不清，但江教授相信，既然是治療中心特意為她拍下的照片，那她乾脆順中心和照片的意思，深深地向照片鞠一個躬，望爸爸笑納。她早料到，當她抬起頭時，墓碑準會溶成團團雪花，使老父的死顯得更悽愴。怎麼辦？要在他面前拍打額頭嗎？他肯定不是嘲笑我，便是擔心我。江教授抵受住雪花的干擾，勉強背着墓碑拐至下一幕黑布簾，以為爸爸沒為意，偷偷提手在額角兩側揉了數下。

第三張照片懂得搞氣氛，眼見北區這刻死氣沉沉、愁雲慘霧，何不來點七彩繽紛的活力，使江教授提提神？

這是一家滑板專門店的玻璃櫥窗，黃黃藍藍的滑板或豎着，或橫着，鋪天蓋地掛在窗前，像塊塊密而不合的拼圖。每隔兩、三天，窗上就會出現江教授的影子，可幾分鐘後又消失了，影子始終沒踏進店內。你別低估她的熱情和誠意，在年輕的時候，她可是各個滑板公園的常客。不論是「U」型板道、欄杆、梯級、斜坡或隧道，她都以板代步，把四處滑得熟爛了。四隻小滾輪隆隆地送她追趕時間和風景，讓她以更少的力，走更遠的路。滑板無翼，卻能托起她騰空跳躍，縮膝扭腰多轉數圈才着地，離心力根本跟無重狀態一樣飄渺。她特別喜歡從空中着地時那「噠」一聲，好像單憑自身的重量和衝勁，便足以鎮壓全世界，一切都在她腳下。向上爬，無非是為了俯衝而下的刺激；那種遏止不住的速度開拓了她的胸懷和勇氣，哪管偶爾流血收場。

她攜同滑板搬進大學宿舍，明明還通過了滑板隊的選拔，可以隨時到體育館裏的標準賽道訓練個夠，但化學書怎看也看不完，實驗室裏的步驟又得反覆試驗，她還捨得就這樣把時間滑掉嗎？分數一發下來，她怪無可怪，只能怪到滑板的頭上。如不是她溫習時老是發起滑板癮，害她分神，她便不用熬夜失眠了。她還記得那塊被遺在宿舍裏的滑板嗎？這櫥窗上可有同款的新貨？

比起平日經過的滑板店，江教授不禁認為這照片活像精緻的紙樣模型，任小孩沿滑板的邊緣修剪，然後讓手指踏上去大步滑行。她看了一會，依稀認出照片上的滑板屬上月的款式，右下角那塊黃藍格子的尤其搶眼。櫥窗一下子被縮小，脱離現實的格局，連累江教授無法肯定，每隔數天故意在大學前兩個車站提早下車，走到這滑板店前瞄一眼，到底有何用意。沒錯，這習慣已維持了好幾年，時間再趕也好，她於上課前總得這樣白走一趟，店主也省得理她。櫥窗上四季的滑板皆聽過江教授提問，既然化學是跟她一輩子的東西，當然值得她趁早埋頭下去，免節外生枝，反正多玩滑板數年後，骨頭也受不住，遲早要退出，不如早點放下，對嗎？可是滑板隔着玻璃不忿地回應，既然已預留了一輩子給化學，為甚麼還要急於一時埋頭下去？相反，正正因為人體的活力有限，所以才得趁骨頭未老時，多玩玩滑板；時限一過，追也追不回。

江教授旁聽着照片裏的辯論，未敢表態支持哪方。骨頭有話要説嗎？她把身體微微傾前，雙腿一前一後踏開，膝蓋一壓，倒沒有痛，連關節的響聲也免。她一直想對着櫥窗做出這個上板的動作，甚至索性走進店內，隨便借一塊滑板踏踏。可她只懂望梅止渴，寧願抑壓骨頭和慾望，強行操縱自己的身心。這簡直是自虐的病態！比起完全忘記滑板殘忍多了。照片上的滑板紛紛咬住江教授不放，追問她於化學以外，到底是誰？她的化學成分裏，有沒有自己？化學加上滑板會產生甚麼樣的化學惡果？江教授自知無言以對，唯有在心裏承諾，明天繼續到滑板店前追悔一回，無力地兼顧那些曾經在她身體裏的成分。

雖然江教授絕對相信治療中心的專業操守，但到目前為止，在這裏看過的照片，始終跟眼疾沒有甚麼明顯的關係，連北區展出的照片也頂多和她的過去有關，似要考驗記憶多於眼力。化學和醫學同為科學，講求真憑實據。到底病人大方地把私生活交託給治療中心的攝影師，能換來甚麼良方？難道攝影除了科學，還包含甚麼令人無法說明和掌握的成分？江教授好勝，愈使她想不明白的東西，她愈要絞盡腦汁，弄個明白。來，最後一幕黑布簾闊一米多，顯然是涵特意送給江教授的大禮，要她的雙眼吃不消。

右眉？不，是左眉，是江教授那道彎彎又整潔的左眉，被鏡頭放大得幾乎如一筆剛勁的書法，皮膚是泛黃的宣紙。濃密的眉毛一根根的從眉頭稍稍向上斜，一到眉的山峰便如被風吹順般，乖乖地伏垂至尾，貼貼服服。眉沒有透露甚麼鮮明的情緒，可我們只要留意其俐落的外邊，便能大概知曉江教授修眉的習慣。這也許不只是習慣，而是需要。每當江教授在辦公室裏感到大壓力的時候，便會從書桌的抽屜裏，拿出鏡子和眉鉗，鉅細無遺地檢視雙眉的裏裏外外，非要果斷地拔除雜毛不可。零星的雜毛和新長出來的短眉根其實不大礙眼，但江教授每發現一根，便興奮不已地用鉗子捏緊它；一拔，那保證讓人舒暢和提神的銳痛，簡直逗樂了她，使她不禁希望身體的新陳代謝能加快點，讓無窮無盡的眉毛自毛囊裏重新冒出頭來，加重鉗子的工夫。

有時候她拔得忘形，一時忘了拉合辦公室的窗簾，惹來同事和學生瞅兩眼，説兩句，她倒沒一點自責。對着鏡子時，眉毛和握鉗的手之間，純然是自己與自己之間的距離，中間全無別的。不管是化學週期表或各樣金屬的特性，通通擠不進那些剎那的歡痛；眉毛是唯一得寵的幸運兒。江教授既是對眉毛下工夫的人，同時也是享受眉毛被拔掉的人，快感自給自足，集中非常。即使偶爾弄得雙眉過幼，也無傷大雅。

這被放大多倍的眉，你看看，還有哪根毛要拔？

縱使江教授看慣了自己的眉，但突然從黑布簾下碰見一條一米多長的平面的眉，難免使她懷疑，這照片是要她數算毛孔的總數，練練眼睛，還是它真是自己左邊的眉毛？這是甚麼時候拍下的？是這中心的攝影師拍的，還是從我的舊照片裁剪出來？江教授退後數步，以為這樣能略略縮小照片，將它與印象中鏡子裏的眉比較一下。眉毛的撥向、粗幼、密度和整條眉的線條，似乎愈看愈順眼，江教授差不多肯定這眉出自己身。倘若它屬別人的話，那麼她當然不會大方得替對方修眉，因為她需要的不是對美學的執著，而是感受眉毛被連根拔起而燃出的火花。這些火花江教授只留給自己，即使沒有鏡子和鉗子隨身，她也經常禁不住伸手摸摸雙眉附近的皮膚，讓指頭仔細地沿眉的線條巡邏，一觸到剛長出來又微微刺手的黑毛點，快樂便不遠了。

現在她如像站在一面放大鏡前，一邊從照片上的眉頭緩緩檢察每根眉毛，一邊用指頭跟着同樣的方向和速度，撫摸自己的左眉，看看比起照片，臉上有沒有多長了數根青春的眉毛。左邊完了，江教授恨不得治療中心也把她的右眉展示出來，畢竟修眉着重對稱，高低或粗幼不一即是敗筆。尤其近日江教授修眉時，偶爾從鏡子裏驟見雪花一閃一閃，害她無法一氣呵成地保持兩眉的水平，真險。日子有功，可幸的是，原來經江教授悉心打理的眉毛，被拍成大型照片後是如此明豔動人，毫無瑕疵，實在使她不得不佩服自己的巧手。一會兒回大學，再修修它們，說不定這照片正要提示我，對鏡修眉有益於雙眼，再勤力一點，雪花便會漸漸消失。

二十

病人的檔案於電腦屏幕上一頁疊一頁，被莫姑娘隨便放大又縮小；新症的尚未填妥，舊症的覆診期則排來排去也滿足不了所有病人的要求，真教莫姑娘不得不向治療中心建議，乾脆週一至週日全週開放，以應付日益增多的病人。自「弱視不等於弱者」嘉年華結束後，莫姑娘還得於原本的檔案格式裏，額外注明病人是否嘉年華的參加者、玩過哪個攤位遊戲、有否目擊致命意外等。雖然涵一向不多看病人的檔案，只管往外拍照片，但既然醫院眼科那邊也這樣修改檔案格式，莫姑娘只好照辦。

「病人都乖乖聽話，一窩蜂湧過來接受治療嗎？」涵沒敲門，兩手空空的走進支援室。

「當然啦！以為是給病人盡露鋒芒的場合，居然弄巧反拙，弄出人命來。誰不一下子驚醒過來，快快正視自己的眼疾？」莫姑娘比較兩位病人的覆診時間表，差點把「下午」看成「上午」。

「其實即使這嘉年華沒有出意外，新聞早已天天報道各樣眼疾患者的傷亡事故，偏偏有些人以為這些是個別的不幸事件，不會輪到自己惹禍。好了，現在所謂的『弱視者主場』也不能倖免，活活的於數百人面前丟了一條人命，大家才明白眼睛壞得多嚴重，真是後知後覺得不得了。」涵隨便讓那位女子的死相乍現於腦內，這是他所能認知的回憶。

「我說這真是因禍得福，不過是因別人的禍而使自己得福，為自己謀福利。犧牲了別人的命而得到教訓和醒悟，還活着的人真要好好記住這一課。可惜的是，我還是因禍而繼續得禍，這些新檔案來勢洶洶，經常搞亂我的舊檔案，我今晚實在不想再加班了！」莫姑娘緊緊地閉上眼睛，以為這樣能放鬆一下，誰知精神還是緊張。

「這不知所謂的嘉年華，從一開頭就很明顯是一項反面教材，教大家糊裏糊塗地看不清自己的眼疾，到底需要治療還是遊戲，又會於生活中帶來危機還是優勢。如果連這也看不清的話，根本就患上了最惡劣的眼疾。即使不是眼盲，也肯定心盲。」涵草草地瞄了電腦一眼，太多字，尤其「眼」字頻頻重複。

「雖然這一課教曉大家積極求醫，有眼科轉介信也好，沒有也好，紛紛走到我們這裏來碰運氣，但不少人仍然不大清楚我們的治療。他們問來問去也非常在意，為甚麼他們和朋友患的眼疾不同，但在東、南、西區看到的照片都一樣，質疑我們不但沒有對症下藥，還為了減低成本，一藥多用。唉，每次遇到這些病人的問題，我總是怕說多錯多，幾乎不想理會他們。」莫姑娘嘴巴說不理，眼睛還是十分謹慎地查閱病人的病史和求診記錄，準備把他們配到合適的治療階段。

「這是消費者典型的思想嗎？得到與別不同的才是貴賓？他們只說看到相同的照片，那他們從照片裏明白了甚麼？引起的反省和疑問呢？通通相同嗎？一張照片可以跟不同的人產生不同的連結，照片只是大家共同的起點，如何跟它連結才是獨一無二的治療。況且現在還沒有充分的數據，讓我們分析哪種眼疾跟哪種認知障礙有關，我們當然不能以眼疾分科，配選相對的照片作為治療。假若來這裏的病人真的是因為心濁而目盲——當然其實未至於盲，那我們能做的，就是儘量用照片覆蓋認知障礙的四大範疇，清洗一下他們的心。」涵一誇大作品的用途，便覺得不好意思。

「說起盲，一些眼疾特別嚴重的病人，甚至是已經被診斷為永久失明的人，聽見我們利用照片治療眼睛，便氣沖沖的打電話來，說我們歧視他們，明知道他們看不到東西，卻偏只提供照片作為治療材料，把他們排除於受惠的病人之外。他們還說，不是他們放棄尋求治療，而是我們放棄治療他們。你說我應該……應該代表治療中心向他們道歉嗎？還是叫他們聽從眼科那邊的建議？」莫姑娘把椅子轉向涵，可還未等到他開口，便又對住電腦苦索思量。

「我們的照片治療確實令他們這類病人感到格外無奈和洩氣，因為如果照片真有『藥效』的話，那我們中心便間接判這類病人無藥可救，無『藥』可看。照片幾乎像是針對他們的盲點而製造出來的希望，這希望不管多麼光亮，他們也無法看見。」

「有一位病人甚至形容我們的治療等於要啞的病人唱歌，說唱歌能治好啞喉，指責我們乘機嘲笑病人，騙他們的醫藥費！真要拜託眼科那邊，清清楚楚評估病人的視力後，才把他們轉介過來。不然啞的不是病人，而是我們啞子吃黃連！」明天南區和西區的照片編號在哪裏？莫姑娘連續關掉數名病人的檔案，依序整理工作。

「不只病人亂想，連一些新聞媒體也無中生有，稱我們中心眼見全城的眼疾患者求醫心切，於是將此看成商機，以莫名其妙的治療方法吸引患者嘗試究竟，借機混水摸魚，趁火打劫。這些有毒的新聞正正是大眾認知真相的障礙！連白的也可以描成黑的，大家不盲才怪。」支援室跟展覽區一樣冷，涵禁不住伸手調高溫度，趁莫姑娘看不見。

「真拜託他們吧！捏造新聞之前，起碼查查我們這裏是甚麼時候成立，不要以為他們說了算，以為大家會信以為真。不！還真有病人對這些新聞信以為真！今早就有人打電話來，大罵我們的治療是毫無根據的偏方，借來歷不明的照片虛虛無無地自圓其說，是最令人無法認知在搞甚麼的認知障礙治療中心！一聽到這裏，我幾乎笑了出來，對，也許我們中心本身就是一個認知障礙，哈哈！」電腦屏幕一下子被莫姑娘的笑聲嚇怕，索性自動把整頁檔案縮成一個小標籤。

「偏方這說法我倒是一向認同的，畢竟這裏的照片從來不是針對眼疾，而是認知障礙。如不是眼科對這一波眼疾束手無策，也不會突然把大批病人轉介過來，看看有沒有甚麼奇蹟。雖然這裏的宗旨是『心清目明，心濁目盲』，但其實心清的話，豈只能目明？心濁的話，豈只會目盲？我們心清，便能明確地把自己的話說好，把別人的話聽好，行事和做決定自然不錯不悔；心濁嗎？難免說不出自己的意思，又聽不出別人的意思，弄得生活混混沌沌，思想和感官像被蒙上一層厚厚的垢，通不出來。所以想心清的話，其實不一定要來看照片。去聽一首好歌，讀一首好詩，找段路散散步，找天放放假，甚至多留意周遭的人事，哪是好榜樣，哪是壞例子。這些都是偏方，多做一點的話，說不定真會見效，人也變得精神爽利起來。」涵於莫姑娘的耳邊拍了拍手，要她提起精神。

「要是我們中心詳細地列舉心清的好處，那豈不是連耳疾和口疾的患者也會撲過來求醫？我真應付不來！你說找天放放假，為甚麼我找來找去也沒有一天放假？你可說得輕鬆！」莫姑娘也向涵拍了一下響掌，掌聲正好迎來下午三時。

「我倒一點也不輕鬆，這個月單是為了北區的照片，跟蹤呀訪問呀查記錄呀，已比之前花了近雙倍時間。如果我們真如那些新聞說的一樣，在這時勢趁火打劫，那我們真該把北區設為特別收費區，畢竟那區的照片全是特別服務。」

「哈哈！想不到你居然還有點做生意的頭腦！不過，即使我們向病人額外收取北區的診金，也不一定能加到你的薪金上啊！別把事情想得那麼理所當然。」椅子一轉過來，莫姑娘便對涵眨了眨右眼睛，那眼色是一道嘲弄人的光。

「幸好不管薪金多少，我也會保持拍攝的水準，不然這麼忙也不加薪的話，別人早乾脆隨便拍拍了事。」涵聳聳肩，一動便又感到肩膀痠痛不已，可挺着相機時倒不覺甚麼。

「除了北區把你弄得累壞了，其他三區的負擔也肯定愈來愈大吧？雖然有時候，我們可以重用一些經典的照片，但我看你老是甘願被外頭領着走，趕去這裏那裏拍攝特輯，就知道你不希望落後於世界。眼下這時勢，被各樣病因不明的眼疾搞得人心惶惶，處處是亂象；新奇的都在一天內變成平常，連我也差點認知不來，甚麼是合理，甚麼不成道理。這陣子你在外面拍照，有否變得困難了？還是反而愈來愈得心應手？」電腦趁莫姑娘停手，擅自轉為休眠模式，暗得一字不見。

「得我心是絕對不會的，畢竟我不是唯恐天下不亂的人，但需要拍的和值得拍的畫面確實多了。雖然現在視力正常的人似乎變成少數，比各類眼疾病人更像異類，但這反而使我加把勁抓緊我和這亂況之間的距離，讓我於錯亂之中，更能一眼辨出荒謬和糟糕的人事。你都知道，我一向拍醜壞的畫面多於美好的，因為我們習慣只敢讓自己看美好的東西，而避看殘酷得來卻真實非常的醜態。我慣了時刻提醒自己，得察覺周圍哪裏讓我感到不舒服；通常這種不舒服的源頭，正是相機和我們的眼睛需要審視的狀況。如你所說，現在處處是亂象，處處讓我感到不舒服，那我就不得不處處加班，拍下這些老是抓住我的神經不放的東西。」涵猛力地抓住肩膀的神經，幾乎要叫出來。

「這樣想起來，雖然不舒服的感覺是負面和不討好，但它正好提醒我們不合理的地方在哪裏，證明我們不是不合理的一部分，而是和它有距離甚至不和。就像你拍的照片，畫面不近人情，不可理喻，無非就是希望病人看得不舒服，從而引出社會的問題，逼他們從亂況中抽身出來，和這些問題好好的正面交鋒。」

「很多人為了使生活輕鬆一點，容易一點，會刻意撥走這些不舒服的感覺，不讓它們纏身。久經訓練後，他們面對不近人情或不可理喻的事情時，便會變得毫無感覺，甚至稱得上是『戰勝不舒服』了。其實他們才是大輸家，因為他們拆除了感應和判別情理的功能，貪一時心平氣和，毀掉自己的人性。多得他們跟處處的亂況同流合汙，問題才變本加厲，大口大口的繼續蠶食大家的自覺。」

「所以樂觀一點想，在這時勢裏，能夠對周圍感到不舒服，算是莫大的幸運和權利了。這至少意味我們還保有被刺激的可能，是正常人於亂況中最誠實的依據。好吧，雖然工作多得使我極不舒服，但這也證明我的身心還懂得掙扎，絕非冷冰冰的機械人！」為了示範正常人的需要，莫姑娘站起來走向洗手間，忽覺支援室外好像特別冷。

「我也是時候出去不舒服一下，看看今天有甚麼比昨天更怪。」

二十一

治療中心樓下那條大馬路，近日汽車愈來愈少，行人反而愈堆愈密。大概因為政府要求所有持有駕駛執照的人重考路面測試，結果視力大不如前的人自然不及格，無法駕車代步。可是，車少不代表馬路變得安全。行人看不清紅紅綠綠的交通燈，唯有專心聆聽交通燈不同的節拍——短而疏的叫你停步，長而密的叫你起步。還是聽不懂嗎？放心，今天清晨，運輸局的人員已為交通燈加添擴音器，磊磊落落地播出「五、四、三、二、一，請過路」或「五、四、三、二、一，請停步」，使馬路變成刺激的遊樂場。行人一聽到交通燈倒數，便忐忐忑忑地猜算要動，還是不動。停步的話，萬一剛巧停在馬路中間，是不是還要一直站着呢？行人卑微地聽從擴音器的指令，自信不足的人乾脆混進人羣裏，依靠人流帶動和掩護，取巧地度過混亂的十多秒。

涵一直佇在交通燈下，用相機搜羅在馬路前舉棋不定的人。雖然他們視力衰弱，但眼睛偏能釋放極度恐慌和焦慮的神色，表情較正常人豐富得多。這種徬徨，多少因為環境？多少源於自身？是無謂還是無可避免的？於沒有聲效的照片裏，這些行人看似是瘋子，連過馬路也得擠眉弄眼。

「五、四、三、二、一，請過路」，涵乖乖地跟隨交通燈的召喚，貼着人羣的邊緣步向對面的街道。他本想回頭多看馬路一眼，可前方誰跟誰正吵罵得比擴音器還要響，即使惹來幾位行人旁觀，也絕不怯場。涵叫相機別急，先聽聽事情的始末。

「我叫你送貨過來，你送來送去，到底送到哪裏去了？」男人抽一口菸後，刻意把白霧噴向送貨員。

「你說送去這條街上一幢天藍色的圓柱體大廈，不是嗎？街尾那幢就是呀！你這裏分明是長長方方的，還要紫得發灰，怎能倒過來冤枉我呢？不論是你說錯還是看錯，都是你錯得離譜！」送貨員怒氣一燒，乾脆把胸前的紙箱重重地推向男人的肚子上，放手但不放過對方。

「你這種人真是睜大眼睛說謊！自己遲到還厚着臉胡扯一通找借口，拜託你抬頭看清楚吧！天藍色！圓柱體！你的臉才是紫得發灰呢！」一團白霧——是白霧嗎？你替我看真點——降落在紙箱上，轉眼已被吸進箱裏去。

「我才懶得跟你吵下去，你死也不認錯是嗎？好！你們說，這大廈是甚麼顏色？圓條還是長方條？我就不相信你們跟他一樣『盲』不講理！」送貨員指向面前的大廈，叫那幾位圍觀的人看個究竟。可是，他們向上瞄了瞄後，顯然面有難色，還慌忙地搔着頭散去。涵不願替誰出頭，只好先繞到街口避一會兒。

「你看！你偏要為難別人替你說謊，別人都不好意思拆穿你，通通跑掉了。」男人一股勁兒把菸蒂擲到地上，還狠狠加了兩腳。

「他們是不好意思說你錯，所以才走掉！你以後不要再叫我們公司送貨，你大爺的旨意，真恕我們參透不來！」街尾那大廈是天藍色的圓柱體對吧？送貨員忍不住轉身跑向街尾，誓要還自己一個清白。

於相機的小視窗裏，男人走進的大廈是一座有尖頂的深紅色商業建築，尖頂勉強穿不過小視窗的邊框，看起來高聳入雲。那麼在小視窗外呢？涵放下相機，明知抬頭用肉眼再看，大廈依然是深紅色、有尖頂。如果他的相機沒有加裝濾鏡，那麼送貨員和男人的眼疾肯定如濾鏡般，徹底地把光線改頭換面，隨時隨地為眼前的畫面施加特別效果。如此視覺上的「後期製作」一點也沒延後，而是稱得上是即時。涵凝望那深紅色的尖頂，樂於感受光線從尖頂主動地射進眼內，讓被動的眼成為光的接收器。送貨員和男人的眼睛惡多了，它們反守為攻，主動地扭曲光線的色譜和幾何，以先入為主的錯覺否定光線本來的身分。同一幢大廈反射出來的光線，看在他們的眼裏，看在我和你的眼裏，注定流失真諦，又同時重生成附帶偏見的輪廓，引不起誰的共鳴。

街尾不見一幢天藍色的圓柱體大廈，涵扭頭望來望去，既問眼睛，也問相機，可始終猜不出送貨員的壞眼睛到底看中哪座建築。難道是這裏？小視窗向傑叔的公司附近那排舊樓上下掃視了數遍，雖然還未瞄準傑叔的窗戶，但大門前一輪哭哭啼啼，偏引得小視窗好奇萬分，最好把畫面裏的二女一男放大五倍。

「你說！你說清楚她是誰？」一名把吊帶裙充撐得凹凸有致的女生哭着問。

「小姐，我怎麼曉得？我也是剛碰上她。」頂着鴨舌帽的男生瞪大眼睛，卻不好意思瞥見女生豐滿的胸部。

「甚麼不曉得？我是你的女朋友呀！她又是誰呀？你敢為了這騷貨不認我？膽子真大！」另一名胸部不算大的女生身穿運動服，看起來跟男生挺匹配。

「女朋友？小姐，你只是剛剛碰見我，這麼快便跟我談戀愛？兩位，我不清楚你們的男朋友是誰，但我現在單身，絕對沒有女朋友。你們之間的誤會，還是由你們自己解決吧。」男生把鴨舌帽略略拉低，一提步便被止住。

「沒有女朋友？」兩位女生異口同聲地喊問，又不約而同地從電話中找出她們跟男朋友的合照，要男生無可狡辯。

「這男的不是你嗎？」

「你這男的怎麼看也不像他吧？」

「你這男的根本跟他是兩個人！」

「你們先看看這兩張照片，再看清楚我，像嗎？我真的不是他或他呀！」

「你到底還有多少個女朋友？是不是每次被逮個正着，就用這招脫身？好，我現在就打電話給你，看你的電話會不會替你說謊！」吊帶裙女生先撥號碼，然後到運動裝女生。她們的男朋友訓練有素，三秒內分別問她們「寶貝，想我了？」和「小老婆，餓了嗎？」鴨舌帽男生的電話跟他一樣靜。

「似乎你們的男朋友另有其人，那我在這裏祝福你們百年好合，白頭偕老。拜拜。」雖然男生逃離桃色風波，但他倒非常希望吊帶裙女生真的是他的女朋友。真笨，剛才至少該牽牽她的手，你認錯我，我也認錯你，說得過去呀！

小視窗敏捷地鎖定兩位女生相視而笑的一刻，可照片一拍完，涵便感到有點不是味兒。是因為沒有女生把他錯認作男朋友嗎？抑或他恨沒有機會為吊帶裙女生多拍幾張性感的獨照？相機當然懂涵的心意，明明拍出來的是有尖頂的深紅色建築，偏偏沒幾個人認出它在哪裏，甚至否定它的存在；明明跟男朋友親密地拍了那麼多照片，居然沒一張能斬釘截鐵地宣稱那段愛情的存在，而它又跟別的愛情如何不同。採進相機裏的光線一向誠實，不懂撒謊，所以人才依據照片證明真相，照片是真相的複製品。現在呢？眼睛不可信，視覺不可信，於是連照片的誠信也蕩然無存。在真相的爭辯中，照片失去立足之地，徒添麻煩和誤會，簡直是人際關係中的絆腳石，可免則免。對照片和視覺失去跟他人共同的認知，你漸漸感受不來生活中的歸屬感和安全感，只能小心翼翼地摸索眼中的亂象，領略用壞眼睛看東西的竅門；在開放的世界裏顧好自己，封閉自己的世界。

二十二

墨水的氣味無色地提示眼睛，不同編號和產地的色彩正縱橫交錯地塗滿幅幅照片，為照片賦予視覺以外的認證。如果你的鼻子夠靈，能記住每種顏色隨深淺而變的氣味，那麼即使視力衰弱，或許仍可湊近照片，上上下下嗅出顏色分布成怎樣，以鼻代眼，欣賞傑叔打印出來的照片。光線不再發光，只借墨水的氣味拙劣地掩飾波頻；可見的照片變成可嗅的照片，那麼攝影師還該用眼睛拍照嗎？抑或改用鼻子嗅遍世界，一打噴嚏即讓快門開合？涵的鼻子忍着，以免一打噴嚏，又惹來傑叔噓寒問暖，勞心地調校空調和抽濕機。

「傑叔，我遲了一點，不好意思。」

「不遲不遲！總之這裏未關門，你早早晚晚過來都可以。」傑叔用工作背心抹了抹手指，背心和手指一樣髒。

「這次的照片有沒有搞壞你的打印機？不會弄得它們眼花花吧？」涵替傑叔把茶杯拿到矮桌上，不溫不冷。

「哈哈！放心，它們見慣世面，影子疊來疊去這回事，難不倒它們。我看它們吱喳喳的一口氣印出雙層影像，像唱饒舌歌般，一下也沒有卡住，多過癮啊！」打印機禁不住多露一下身手，有力地響出快而平均的節拍。

「希望它們不會怪我貪心，一層影像不夠，還得借玻璃多疊一層，把前後弄得撲朔迷離。」涵呷一口茶，茶香依舊不濃。

「有甚麼所謂？光影本來就是互相疊來疊去，既不會超重，也不會排斥，順不順眼倒視乎你看世界的態度。獨善其身的影像不一定能獨領風騷，偶爾多披一層不相干的薄影，可能就是神來之筆，只限有緣人看到。」誰是這些照片的有緣人呢？傑叔走近工作桌，驗證他和這些疊影的緣分。

「我不知道自己是有緣人，還是自作多情的人。一塊室內的反光玻璃，就把我和相機迷得出神，拍出來的照片倒很可能被人誤會為偽造的，即是刻意把設計當成自然來騙人。」一涵也走到工作桌旁，一看見照片上半實半虛的疊影，幾乎以為紙張是一個立體的空間。

「不是當成自然，是真的很自然呀！自然得讓我立刻想起，平常在晚上乘巴士回家，從車廂的玻璃窗看出去，不也是同時望見自己的影子和窗外的景色嗎？這些照片剛好拿捏到內和外的結合，看，玻璃外的街景打進女孩的上身，家家戶戶的燈火像一幅薄紗覆蓋着她；她呢？她在室內看起來，整張臉整個身子都容得下外頭的樓宇，對面密密麻麻的窗戶彷彿全是她體內的器官，被她安靜地盛載着。你聰明啊！從玻璃折射和反射出來的光線都拍到，偏偏沒拍出從中作怪的玻璃本身，角度拿得真妙！」傑叔斜着眼左望右望，的確看不見照片上的玻璃，也許照片本身已變成那塊反光玻璃。

「我被這幕玻璃迷住，是因為它鬼祟地混淆光線的距離，使遠的跟近的一樣近，使近的又跟遠的一樣遠，彼此在玻璃前合體，不爭先恐後，毫無心計地加起來，搭建一幕虛擬的空間。你嫌單單的近影太霸道、太實在，那麼玻璃剛好透出一點外頭的遠景調和一下；單看遠景又太寂寞、太遙不可及嗎？加上自己的近影應該能使畫面親切些，至少眼前總有一個你肯定能認得出來的輪廓。」女孩只顧在照片裏凝視自己的影子，沒發現涵同樣專注地偷採她的影子。

「雖然理應對自己的影子感到親切，但不知怎的，我看着這張照片，反覺得女孩格外寂寞，跟外頭有一種情感上的距離。她獨自坐在玻璃前，默不作聲地容許外面各家各戶的燈光住到臉上，住進胸口裏。對面的人家熱熱鬧鬧，談笑風生，可是明顯沒有女孩的分兒，她連偷聽別人閒話家常的機會也沒有，挺可憐啊！我看着看着，覺得女孩那邊的寂靜深沉得足以壓住外面的喧鬧。她幾乎如一個滅聲器，強行把別人的言談活生生地全吞進身體裏，用來填飽空虛的肚子。你看，她的胸肚都被燈火照得又暖又亮，原來她是借那塊玻璃取暖！」傑叔盯住女孩半透着光的上身，忽覺照片像一張彩色的X光照，能把女孩的心事全顯露出來。

「不知道她除了借別人的燈火取暖外，有沒有借這些照進身體的光線，看清自己的鬱結和隱憂呢？她把焦點放在外頭無聲的熱鬧上，還是自己顯而易見的孤寂上？雖然她清楚自己的影子較外面的燈火近，但她可能反覺得自己的影子早飄到外面去，浮呀浮呀失去重量，任她怎拉也拉不回來。比起自己失控的影子，外頭沒名沒姓的燈火還實在得多。」一涵幾乎想伸手敲敲照片，聽聽那是不是玻璃。

「我說遠遠近近的光線其實非常隨意，不介意讓你把無關痛癢的看上數小時，可又未必能帶領你看清最關乎自己的底蘊。疊來疊去的，究竟是光影，還是心裏的陰影？在這照片裏，大概兩者也有吧！」

「傑叔果然是真漢子，連少女的心事也瞞不過你，早知道我就不拿這照片在你面前故弄玄虛，真是獻醜了！」一涵拍拍傑叔的背，逗得他笑逐顏開。

「不虛不虛！一點也不虛！現在這些日子，再虛的事也能成為事實，無奇不有呀！你拍的這些疊影，豈只在反光玻璃前才看得見。我有看新聞呀，最近有些人的眼睛不就是壞得見到重重疊影嗎？你也應該知道吧？」傑叔偷偷把視線從照片移至茶杯，沒疊影。

「沒錯，這算是一種較普遍的眼疾，我們中心也收過不少這類病人。當他們把焦點從一處轉向別處時，之前所見的畫面便會褪成半透明的影像，疊在眼前這刻的畫面上，如此類推，使他們無法辨清哪一層影像，才是目前所見的。」

「這也太煩人了吧！之前看到的畫面死皮賴臉，總不肯讓視覺煥然一新起來，真囉嗦！不，我倒想出有種人該會喜歡擁有這雙眼睛，那就是懷舊甚至長久眷戀過去的人！這些人老是對從前揮之不去，日想夜想都在想舊人舊事，甘願被過去扯後腿，多笨！明明大好風光就在眼前，偏仍讓舊片段遮蓋眼睛，無窮回味，無窮回顧，那怎能向前走？」傑叔清楚涵不是這種人，自己也不是這種人，所以無需避忌。

「人不向前走，科技倒愈走愈前。上週我在一家攝影用品店裏，看到十多款新型號的鏡頭濾鏡，你猜它們有甚麼來頭？」涵調皮地向傑叔眨一眨左眼。

「不是吧？真的嗎？」

「真的，十多款濾鏡，仿效十多種眼疾的病徵，魚鱗眼、震紋眼、箭靶眼、煙眼……病人的視覺如何，濾鏡便能呈現相似的效果，好像把小視窗換成病人的眼珠。

我在店裏試用過兩、三款，嚇得我馬上把它們拆下來。要靠這樣的玩意兒拍照，不如不拍。」涵搖搖頭，不願想起經箭靶眼濾鏡看到的畫面。

「推出這些嘲諷病人的產品，會有市場嗎？視力不好的人當然不會碰相機，那專業攝影師可真會買這些濾鏡來拍照？明明是疾病，偏偏又被包裝成商品，誰會好端端的花錢買疾病？現在好眼睛千金也難買呀！」傑叔自豪地瞪大雙眼，證明這雙好貨色貨真價實。

「商家倒不是在嘲諷病人，這濾鏡系列的宣傳口號正是『一視同仁，一視同畫』，哈哈，說是要讓大家體會各種病人的視覺，跟他們同甘共苦，使他們不用感到自己異於常人。我聽着店員這樣解說，幾乎覺得不買這些濾鏡，便等於我對病人無憐憫之心，多為難。」

「『一視同畫』？簡直痴人說夢！現在人們的視力這麼參差，還未研製好一種眼疾的矯視器，另一種新的眼疾又冒起，怎可能統一大家看到的東西？我說『各有各看，各有各壞』，才是這城的口號。用這些濾鏡拍出來的照片，誰會看呀？難道用作醫學書的參考照片，示範病人的視覺？真莫名其妙！」

「真的有人會看呀！最近就有一位攝影師答應和這批濾鏡的廠商合作，盡用各款濾鏡拍了一輯照片，還率先在藝廊開辦攝影展，展出這輯破天荒的作品。我也有收到邀請卡，傑叔你要去嗎？」

「不去！誰去誰便是瞎子！」

「對！他們的確優先邀請那十多類眼疾的病人為貴賓，請他們為每幅作品評分，看看濾鏡的效果有多像他們的視覺，真有宣傳頭腦。」

「等一下！濾鏡下的作品加上病人的視覺，豈不變成雙重效果，亂上加亂？他們的評分哪有公信力呀？全是走火入魔的瘋子，你千萬不要像他們這樣，我要繼續看到你一流的照片。」傑叔緩緩地走向工作桌另一端，十多張大同小異的照片整齊地並列着，考問他照片拍攝的次序。

「那你覺得這批鐘樓照片怎麼樣？」涵概覽每幅照片上鐘樓的時間，全是四時正，雙雙時針和分針如一隊韻律泳運動員的健腿，一致地叉開相同的角度，不遲不早。

「四時正、四時正、四時正……雖然鐘樓顯示的時間一樣，但這幅陽光打下來的陰影明顯斜得多，這幅鐘樓旁的樹葉都轉黃了，那幅工人還在鐘面前維修，勉強地從棚架之間看到四時正。你這些四時正的鐘樓，隔多少天去拍一次呀？鐘樓在四時正特別好看嗎？」傑叔盯住十多個鐘面，忽然覺得四時正是格外漫長的一刻，等多久也不會過。

「每個月的十五號，我都會去拍一拍鐘樓。這輯照片剛好是過去一年的作品，被四時正貫穿和纏繞。就這樣便一年了，真快。」第一次拍的四時正在哪裏？涵滾滾眼珠，這裏，一排雁在鐘樓頂橫飛着。

「真浪漫！難道這是你和誰的紀念時刻？要不要我找些心形相框，替你裱起它們呀？」傑叔於一幅照片上做了個心形手勢，四時正在心中。

「連女主角也沒有拍到，哪有浪漫可言呀？我找鐘樓來拍，是想看看時間和光線之間的關係。在這些照片裏，鐘樓是證人，明明白白地見證每月十五號的四時正，像記憶一樣定期重複。那麼在這些看似一模一樣的時刻中，同一處地方，光線有沒有展現之前的記憶？還是貪新忘舊，放射出層出不窮的姿態？這兩張看到季節的交替，這兩張看到工程的始末，這兩張看到陰晴，這兩張好像沒甚麼分別。鐘樓知不知道自己每天正重複着數算時間？還是它其實是一座偽證，即使時針和分針照例擺在四時正的位置，也規管不來周圍的光影和動靜依時重現？這些鐘面上的四時正，好像由主角變成裝飾，你多看數張，便會寧願尋找鐘樓周圍有何不同，而不再在乎時間還是不是四時正。可是，當我們只挑這兩張好像一樣的照片來看時，於沒有環境差異的提示下，似乎反能讓我們靜靜地聽到一個月的流逝，真像別人說，眨一眨眼，再看下一張，時間便過了。」一涵看着最新一張照片，不知道下月十五號還該不該去拍鐘樓。

「這兩張沒甚麼分別的照片不禁逼我進入一個月的記憶裏，要我拿自己的記憶，填充這兩張照片之間的空間。讓我想想，在一個月裏，我做了多少事呢？甚麼變了，甚麼沒變？即使我那一個月過得多麼平淡或精彩，這四時正的鐘面依然是舊模樣，以靜制動，以不變應萬變；居高臨下，冷眼俯視我們應付時間，應付日子，多囂張啊！」牆上的鐘已過四時，它笑傑叔忘了吃下午茶。

「這批照片讓我記起的，倒不是每個月的生活，而是每個月十五號快到時，我如何暗自期待和興奮。我沒有強逼自己每次皆穿上一樣的衣服和鞋子，只如常地隨便打扮一下便出門，好像要跟情人幽會而故裝正常哈哈。帶出去的相機倒是同一部，它可以說是我和鐘樓的定情信物，我和鐘樓之間一定要有它。每次出門前，我總會先重看上個月拍的鐘樓照片，讓我一去到現場，便能發現周圍有甚麼變了，有甚麼依然。其實變與沒變，對我來說一樣重要；沒變的正好呼應我和鐘樓定期定時的約定，變了的倒又能以現實的重量，壓碎人對時間的操控和遐想，彷彿不管我對每月十五號的四時多痴情，時間也懶得留住我的情懷！它不給我面子之餘，還自由地到處拈花惹草，絕不虛度歲月。」一涵拿起其中一張照片，猜索鐘樓到底認不認得他。

「四時正只有一分鐘，我一般於三時四十五分左右到達鐘樓，看一下周圍，也感受自己又多活了一個月。那一個月有時候過得格外快或格外慢，可能鐘樓在作怪？你應該記得，鐘樓前有一個巴士站牌。每次我都用它來做記認，確保相機的距離和角度不變。由三時五十九分起，我已經調好鏡頭，站在巴士站牌前，抬頭向鐘面對焦。你知道嗎傑叔？當分針終於指正『十二』那刻，我好像從小視窗裏，看到鐘面如人般展露笑容；那笑容只為我的鏡頭而起，讓我成為那處最在乎時間的人。在巴士站候車的人，大概只以為我把鐘樓當作一個景點，為它拍數張標準的觀光照。可看在我眼內的，不是整座鐘樓，而是那對肯定不會讓我失望的時針和分針。如果沒有鏡頭瞄準鐘面，可能四時正不過跟任何時刻一樣平凡，不會在時間裏佔上特別重的分量。一旦我一而再再而三的前去捕捉鐘面於四時正的『美色』，四時正便會從時間裏突圍而出，為我送上一刻的表演和娛樂。」

「連時間也有美色，看來不是情人眼裏出西施，而是情人眼裏出四時！四時一到，快門豈不是忙個不停？你從多少張照片中選出桌上這些？」傑叔望着如懂分身術的照片，不禁認為鐘樓真是被涵寵得徹底。

「在那一分鐘裏，我拍的照片不多，頂多四、五張。我不趕，比起那分針蠢蠢欲動，我的快門乾脆得多。雖然我站在鐘樓前，可我好像躲在時間背後，在它不知不覺之間，靈巧地對它動手腳。在小視窗裏，時間原形畢露，周圍的風吹草動或趕緊爭進這一分鐘，或靜默地忍受這分鐘過去，總之光線隨意聽從或拒絕時間的擺弄。我每按一下快門，便很怕驚動分針，怕嚇得它趕前走。它始終要走，始終會變臉，收起笑容，讓時間變回平凡的分秒。四時一分一到，我便不再重視時間，連鐘樓的存在也覺多餘，是不是很無情？」涵多想鐘樓於四時正響起鐘聲，可惜它早啞了。

「哈哈！要說無情的話，我向來就不大理會時間。約人家見面，他遲了多少分鐘，我也懶得去數算，而我一般又習慣提前出門，所以根本不用爭分奪秒，趕在何時何分到場。時間啊，好像從沒令我緊張過，就連用熱水浸一碗泡麵來吃，我也是粗粗略略等一會兒就算，誰真去管它三分鐘還是四分鐘？雖然從這些照片上看，鐘樓的四時正似乎沒辦法保證周圍的景貌按時重現，但我剛剛發現，有一樣東西準會每次出現在鐘樓前！」

「是哪樣？」涵湊近照片，希望能在傑叔答話前，自行找出答案。

「是你呀！哈哈！」傑叔用那根髒食指碰碰涵，使他於魔法下驟然變大，大得能以胸膛遮蓋桌上十多座鐘樓。「雖然你不在這些照片裏，但每個月你總有一天對時間聽聽話話，因它而出現在鐘樓前，成為那裏風景的一部分。你呀，一心要比較每次鐘樓附近的同異，卻偏偏忘了自己正是受同一刻時間差遣而至的人物。從你身上反射出來的光線，既記錄了你每次的打扮，又證明同一張臉定點出現在巴士站前，你說你還不是牢牢地撮合了自身的光線和時間？光線和時間之間的關係，除了呈現在這些照片上，還居然藏在鏡頭後面呢！哈哈！如果鐘樓上也有一部相機同時瞄向你，那麼你便成為這系列的第二輯主角了！真浪漫！」傑叔這麼一說，才想起一直以來好像沒看過涵出現在照片裏。

「原來我就是自己所問的答案，難怪我在鐘樓前望來望去，在照片前望來望去，也找不到甚麼頭緒。如果有人意外地發現我在鐘樓前定期的活動，把我和它一同攝進鏡頭裏，我倒真想看看照片上的我是怎樣。常說『在別人眼中看自己，在自己眼中看世界』，果然沒錯。」照片上的鐘樓只管盯着涵，通通忘了鞭策分針。

「可是不管是別人看，還是自己看，在這時勢下，大概都無法作準吧！別人的眼疾把你看得不像你，自己的眼疾倒又把世界看得錯漏百出。可能當你拍下鐘樓時，附近有人把鐘面上的時間看成是六時五十分！剛才我們不是説過，有一類病人看到疊影嗎？我想想，如果把這鐘樓系列打印在透明膠片上，一張疊一張，整疊看上去，鐘樓依然是一座鐘樓，分針和時針並沒移位，然而周圍的樹影、陽光和工程全都集合在同一畫面裏，把整年的景色濃縮在一起，比那片反光玻璃上只一刻的疊影厲害得多！你想想是不是？」傑叔把桌上的照片疊起來，可惜它們不透光。

「這樣的話，照片的時序便隱藏於同一畫面中，一年的景貌被壓縮成一刻，怕要豐富和雜亂得塞破那一刻，且時間和光線兩者豈不是貧富懸殊？疊起來一起看的話，我們便不再比較每個月的同異，反而因為鐘樓隨膠片的數量而變得深色，使它重新成為照片上的主角。於是，棚架和樹影看上去便僅僅是受時間召喚的裝飾，圍繞鐘樓團團轉，主次一下子分明了。膠片透明的特質，使某個月的景貌吞噬另一個月的景貌；棚架刺穿雁鳥，樹葉青黃相間，連晴天也被烏雲蓋過。在同一空間裏，光線互相抵銷，爭相霸位，仗着時間管不來它們出場的次序，乾脆橫衝直撞，把彼此和時間扭作一團。」

「光線好比膠片上的顏色，能互相穿透、重疊，但你說光線能霸佔空間嗎？應該不能吧？不然我們頭上的白光管一直照遍這裏，白光霸滿整個房間的話，我們哪能悠悠然站在這裏佔一個位子？霸佔空間的怕不是光線，而是實物，所以在現實裏，棚架佔據了半空，那雁自然無法飛過去呀！空間呢，始終有限，先到先得。萬物的確需要妥當的出場次序，才不會像疊起來的膠片般，釀出大混亂哈哈！要是整年在鐘樓附近出現過的細節全都一下子傾巢而出，即使物理上荒謬地許可，我想你的鏡頭也吃不消吧！人家說『好戲在後頭』，事情還是一點點來的好，可能鐘樓早已安排周圍的角色慢慢按月登場，如放餌般持續引你前去，你也的確心甘情願上釣呢！」傑叔重新排列桌上的照片，教春夏秋冬移形換影。

「傑叔！我倒沒想過鐘樓有如此陰謀哈哈！不過，拍鐘樓也好，拍別的也好，凡是拿相機的人，最好一直相信『好戲在後頭』。世界隨處都散布着引誘相機的餌，只要是合意的，快門一張口，便咬斷魚線般的光線，連光帶餌吞進相機裏。不合胃口或來不及吃嗎？好餌在後頭，只待我慢慢追尋，對不對？至於你剛才說的空間論，當然，實物能佔據空間，而一般實物又不透光，所以能遮擋後面物件反射出來的光，使我們看不見後面的東西。你說光是不是很極端？既可從太陽走盡億億萬萬里，來到我們的眼前，卻又可被我們的手掌輕輕一擋，便另改去路。物件不透光，實實在在的佔上符合其形體的空間，以凸顯它如何獨立。這又使小視窗內的前、中、後景分明有序，誰擋誰一目瞭然，不難推斷距離和層次。假若物件變成膠片般透光的話，一切便彷彿疊在同一層面上；這個的形狀被那個的邊界割開，那個的圖案又印在這個的底色上，聽起來真像一種新眼疾！」

「我知道這眼疾叫甚麼！」傑叔拍拍胸口，央求涵讓他插話。

「是甚麼？」

「不就是透視眼嗎？不，這不是眼疾呀！明明就是得天獨厚的特異功能，跟X光差不多！」傑叔瞪大眼睛，作勢上下看穿涵的身體。

「抱歉傑叔，我這裏實在沒有你渴求的美色。沒想到跟你聊光學，聊物理，聊眼下最令人擔憂的眼疾，到頭來你想飽覽的，始終是豔光哈哈！」涵嘗試順序排好鐘樓的照片，他知道鐘樓在等他。

「我這種粗人當然只懂想這些平俗的事，哈哈！要是你那治療中心真有天接收了擁有透視眼的人，記得要跟我說說，他是不是真的能看到……看到……哈哈！」傑叔用力地眨了眨眼睛，惜涵的身體依然不透光。

「如果換你有透視眼，你還會來治療中心，把眼睛變回正常嗎？」

傑叔掩着嘴笑，猶豫地搖搖頭。

二十三

這週東區、南區、西區和北區的照片已經準備好，只差莫姑娘按不同病人的覆診時間，把相應的照片掛在各區的牆上。涵獨個兒坐在工作室裏，打算從電腦中找點甚麼來看。看甚麼好呢？東區的照片太沉重，南區的照片太煽情，西區的照片老是使他愧為人類，北區的照片好歹屬病人的私隱，拍了就算，不宜多看。涵想了想，乾脆打開「其他」這檔案，瞄瞄當中一直沒被撥進四區的照片。他把這檔案名為「其他」，絕非存心看輕入面的照片，而純然因為四區的主題於這些照片來說，實在不大稱身；它們率性隨意，用不着披上甚麼宏大的名銜，也能安然自立。檔案裏的照片照例依時序排列，但時序實在說明不了甚麼。涵驟眼看，被縮小的照片整排整列的互相緊貼着，可怎也拼湊不出任何關連的事件。它們互不相干，微弱地釋放出參差的混光，教涵一時之間不懂從何入手。

看似最不傷腦筋的，應該是某些以大片顏色為主的照片。放大這幅，對了，那次到劇院參觀舞台劇的彩排，別人都在台前台後忙個不停，只我趁燈光組試燈時，拍下在黑幕前搖曳的光束。把這襲豔紅說成光束，你或許會以為它僅是筆直如劍的紅光，但這抹紅順着射燈的擺動，輕盈地放軟姿態，使光看起來不再是一線線，而是如羽毛般，從一角掃至別角，是輻射而非投射。啊，這其實可算得上是一幅水彩畫，免卻線條、稜角、形狀，僅以流動的顏色填充空間，還原光線的自由。

我們太辛苦光線了，時時要它身兼多職，既要賦予萬物輪廓，又得按我們的喜好和需要來營造氣氛，實在分身不暇。雖然我不清楚這舞台上的紅光是拿來配合甚麼情景，但至少在這照片裏，我能把片刻的自由還給光線，隨它扭舞便扭舞，飛騰便飛騰，誰都不用顧及。正是因為這紅光純然是紅光，不跟任何物體勾搭，才使我們無需認知色光以外多餘的東西，省心。或許這就是讓相機和眼睛返璞歸真的良方？

劇場始終刻意，涵於屏幕上找了找，一幅天然不過的「水彩畫」格外亮麗，真是此色只應天上有。我知道你當然拍過天空，藍天白雲也好，日落紅霞也好，雷電交加也好，天空總是大家相機的寵兒，要它填滿鏡頭似乎無甚難度，但你也不能譏笑如涵般的攝影大師，居然也出手拍下這麼「平民化」的照片。天空啊，誰敢不屑它？誰敢把它看膩？涵盡情讓屏幕上的天色愈撲愈近，以為快要嘗到高空中的晚風。

這該是一個冬日的黃昏，可天空不盡是黃，黃恬靜地墊在天空的下方，讓灰藍竊竊沉降於上，如水火不容的兩段異色終於和解，低調地歡迎彼此。它們太遠、太害羞，任你如何賣力瞪大眼睛，也無法洞察它們的交接和混和，彷彿它們要考驗你的耐性，然後趁你稍稍鬆懈，便合二為一。如此故裝靜態的曖昧，確實使涵看得非常安心，哪怕誰也清楚再過一會，眼前的絕色將通通被黑驅走。從深不見底的天空中拍下平面如布的天色，當中難以抽出光的任何形態；非一線線，非如羽毛般，藍和黃根本是歇在高空中的空氣，不凹不凸，無跡可尋，僅以顏色掩飾虛無，卻又看似包羅萬有，豐盛得使你心滿意足。

你不會連對天空也有認知障礙吧？

除了天空，涵還得認知在「其他」這檔案裏的其他照片。他的雙眼忙着覽看屏幕上的格格回憶，原來「其他」也可算是他為自己而設的北區。時限多少？三十分鐘？屬於自己的回憶，你愛回顧多久便多久。看看這幅吧，一架直升機剛從湖畔的草坪上起飛，螺旋槳轟轟隆隆的借氣流擾亂草地和湖面，使兩處同時延展出綿綿的波紋。這是絕對符合常理的景象，沒甚麼出奇的地方，那涵為何要拍下它呢？難道這直升機之後墜落到湖中？或它屬全球限量的機款？

沒甚麼，我當時拍下它，純然因為我甚少目擊直升機起飛，更別説離它這麼近。雖然以往憑常識已能認知直升機是甚麼模樣，但當有機會憑視覺驗證直升機的實體時，我偏又怕眼睛興奮得不夠客觀，於是要靠相機持平，以現場的照片作為證據，容後端詳。我們一向偏好相信眼睛多於常識——沒有眼疾的話，又不斷用所看到的去建立、補充和推翻常識。因此，凡遇上難得一見的，哪管它如何跟常識吻合，我們還是寧願用眼睛和相機重新認知它，使它成為更準確的常識。

常識不過是傳說，閱歷才是個人的。

以大家的常識，應該不難認出涵剛剛選取的照片上，是哪位人人皆愛的男歌星吧？對，是他，他怎麼被丟在「其他」這檔案裏？涵當然認得出他是誰，但堂堂大明星，如何活生生的走進涵的過去？啊，是義賣日那天嗎？他以特別嘉賓的身分現身鬧市，為那個幫忙傷殘人士復健的慈善團體義賣紀念品，真是萬人空巷，差點逼爛我的鏡頭。我算不上是他的歌迷，自然沒那羣忠心的歌迷衝得那麼前。我隨便在旁側的樓梯上拍了一張，便得趕往別處去。

從常識中，聽他聽夠了，看他看夠了，所有媒體爭相採訪他，瘋狂得好像樂壇只他一人便夠，但果然聞名不如見面；只兩、三眼，他的本人便足以教你把常識中的他拋在腦後，眼前的他才是唯一可信的有關他的參考書。我這樣說，並非因為從常識中所認知的他跟他本人有莫大的分別，而是當你在現場看到他時，根本無從容納或勾起任何有關他的聽聞；聽聞歸聽聞，本人歸本人，甚至只有你終有一天於街上碰見他，才能確鑿地相信，一切有關他的報道皆非指向一個虛構人物，他是能在你眼前說話和走動的。

雖說是公眾人物，怎麼偏反而予人神秘和難以接近的形象？公開的怕一向只是他的演藝作品，而不是他在城中的生活。從報道氾濫的層面，一下子把他拉到公眾前現身，自然有種化虛為實的魔力，哄得大家通通以為自己是幸運兒，終能加入聽聞已久的傳說之中。涵把男歌星放大，一頭曲髮油亮亮，眉長眼寬，兩頰飽滿的挺着笑容，可看來看去，涵始終不服氣。這照片早已變回媒體刊出來的那種資訊，僅是傳說中的一片光，徹底敗給涵肉眼看到的那幕記憶。如果一般照片能拿來證明當中景物的存在，那涵當天眼中的男歌星卻倒過來，證明平常媒體拍他的照片，並非充斥在一個虛構的層面上；他不是被那些照片打造出來，而是他的光芒強盛得無法全被採進鏡頭裏，使照片永遠流於傳說般，華而不實。

相機的弊病也許在此。

看人看得不順心，涵索性找些死物的照片來看，起碼死物的實體該跟其照片沒多大讓人不信服的分別。隨便吧，編號「76022」。四根銀色的柱子看似是金屬，長長幼幼，以定距相隔，直直的把畫面分成數截，該是欄杆或鐵閘的局部？涵怎麼把鏡頭逼得這麼近？近得根本無法認知這物件的全貌。他仔細審視這數根金屬上的花痕，好幾處的銀漆都剝蝕了，露出不大反光的鐵黑色；尖頂倒還鋒利，該能刺傷試圖跨越於上的不速之客。如果你多看數眼，依然猜算這照片上的是欄杆或鐵閘，肯定逗得涵歡樂無窮。哪個出謎題的人不愛聽到錯的答案？哪個絞盡腦汁戲弄你的人，不愛見到你踏進陷阱？涵拍下這照片時，鏡頭瞄近的不過是一支餐叉的頂部，一直逼，一直逼，直至叉的數根「手指」逼進小視窗，駭然變成頂天立地的柱子。

照片雖然誠實，但也懂順攝影師的意，對人開開玩笑。尤其鏡頭的多倍放大功能，早就教曉涵看人看物，得多花眼力、耐性和心神，留意局部的細節，見微知著。當事物的局部被放大，脫離整體既定的邊框，便很可能自成一角，展現獨立於整體的形態甚至意味。這種另外生出來的形態連同觀察者的創意，也許就能碰巧跟其他事物扯上關係，重新配置萬物之間的默契。可是，倒過來說，事物的局部也容易誤導我們，使我們因為對整體的認知不足，而誤會了事物的本身。既然相機有廣角和遠景模式，能擴闊小視窗的「眼界」，我們也得把目光放在大局之上，辨清整體的來龍去脈，高瞻局勢。整體和局部，可以是彼此的謎面和謎底，互相掩飾、解說或對抗；唯有心清目明的人，才能洞察兩者。

涵捨不得下班，他要多開一道謎題，讓自己和你陷進無傷大雅的認知障礙。看清楚，這幅照片是一件物體的側照，左邊一座筆直的支柱，頂部連着一道斜坡向下，直至右下方。我猜這該是遊樂場裏的滑梯？你呢？你會不會以為它是高速大橋的斜道？涵把照片先放大，後縮小，不肯定怎樣的看法，才有利於你的眼睛。斜道上既無汽車，也不見小孩，連它的表面也只如剪影，無法看清物料是金屬、混凝土還是別的。涵高興夠了，自然會告訴你，他到底拍了甚麼。

他想了想，覺得這類謎語般的照片簡直透露出他愛玩的一面。明明他一直用相機拍下世界各種真相、原貌、陰影和隱衷，卻居然不忘拿世界開玩笑，借這類照片混淆視覺，以偏概全，非要哄騙觀眾的眼珠不可。倘若為這類捉弄人的照片辦一場展覽，當中的趣味該可惹得大家驚喜萬分。同時，涵也可藉此展覽反諷世界各樣魚目混珠、指鹿為馬的人事，反正荒唐和幽默本是異曲同工的傑作。究竟在「其他」這檔案裏，還有多少這類謎語照片？數量夠不夠充撐一場展覽？你拍的照片裏，有沒有類似的可以貢獻出來？世界把甚麼和甚麼混為一談，釀成我們對它們的認知障礙？要是你沒機會來到這場展覽，那便替涵在世界裏多逛數圈，多望幾眼，觀摩天羅地網下的杯弓蛇影。

這照片？一根柱子加一道下坡，當然是一隻高跟鞋的側面，不是嗎？

光的解剖學

作者 | 陳苑珊
策劃編輯 | 史曉晴
封面裝幀 | 鄭志偉 @SomethingMoon Design
內頁設計 | 五隻貓
出版發行 | 突破出版社
香港沙田亞公角山路 33 號突破青年村
電話：2632 0000　傳真：2632 0388
電郵：breakthrough@breakthrough.org.hk
網址：http://www.breakthrough.org.hk
http://www.btproduct.com
承印 | 陽光（彩美）印刷有限公司
2022 年 12 月初版 1 刷

Anatomy of Light

by Chan Yuen Shan
First Printing, First Edition, December 2022

Printed in Hong Kong
ISBN 978-988-8562-68-8

誠邀閣下就突破出版社的書籍發表意見

歡迎加入突破書籍 Facebook page — http://www.facebook.com/btbooks.page

本書採用環保油墨印刷